Le Fantôme et moi

Catherine Sefton

Le Fantôme et moi

Traduit de l'anglais par Florence Seyvos

Neuf en poche
l'école des loisirs
11, rue de Sèvres, Paris 6e

Pour Bernagh et Bill
et
pour Catherine Semple
qui a cru au Fantôme.

Titre original : « The Ghost and Bertie Boggin » (Faber & Faber, Londres)
Composition : Sereg, Paris (Bembo 16/22)
Loi n° 49.956 du 16 juillet 1949 sur les publications
destinées à la jeunesse : novembre 1990
Dépôt légal : octobre 1992
Imprimé en France par SEPC à Saint-Amand-Montrond
En octobre 1992 - N° d'imp. : 2120 - N° d'édit. : 9728

I

Prenez garde au Fantôme

Bertie Boggin était le plus petit Boggin dans une maison pleine de Boggin. Il était plus petit que sa sœur Elsie, plus petit que son frère Max, et pas tout à fait aussi grand que leur chien, Tojo.

Un matin, les Boggin décidèrent de jouer aux Cannibales.

– Je suis le chef cannibale, dit Max. Je mange les gens sur mon passage.

– Quels gens ? demanda Elsie.

– Bertie, dit Max.

– Ah non, dit Bertie.

– Les déjeuners polis ne répondent pas, dit Elsie.

– Prêts ? dit Max. Attention...

Bertie n'attendit pas que commence la partie de mange-Bertie. Comme n'importe quel déjeuner inquiet, il fila à la cuisine, où se trouvait Mme Boggin. Couchée sous l'évier, elle écoutait la tuyauterie en se demandant si la citerne n'allait pas exploser.

– Tu es morte ? demanda anxieusement Bertie.

– Non, dit Mme Boggin. Va-t'en de là, Bertie. J'attends que la maison saute.

– Max ne va PAS me manger, dit Bertie.

Il renifla bruyamment et ses yeux s'emplirent de larmes.

– Mais bien sûr que non, Bertie, dit Mme Boggin qui s'extirpa du tuyau en U et émergea, le derrière d'abord, de sous l'évier.

Elle essuya la figure de Bertie, le fit se moucher, et dit :

– Personne ne va te manger, Bertie.

– Miam, fit Max à l'entrée de la cuisine. Miam miam miam, comme il va être bon ce Bertie.

– Max, dit Mme Boggin de sa plus belle voix de mère qui ne plaisante pas, vous ne pouvez pas trouver une meilleure idée que de jouer à manger Bertie ?

– C'est Max qui a eu l'idée, dit Elsie. Moi je savais depuis le début que c'était un jeu bête.

– Vous êtes tous assez grands maintenant pour jouer gentiment ensemble, dit Mme Boggin.

– Je ne veux plus jamais jouer avec eux, dit Bertie. Et il sortit dans la cour derrière la maison, et s'assit sur la poubelle.

Max monta dans la chambre du haut et se mit à la fenêtre pour faire des grimaces d'ogre à Bertie. Puis il en eut assez, et partit taper Elsie.

Bertie donna un coup de pied dans la poubelle, ce qui la fit tanguer comme un bateau, mais Mme Boggin frappa à la fenêtre de la cuisine avec sa lavette, et l'arrêta au moment où il allait découvrir l'Amérique.

Bertie sauta de la poubelle.

Personne avec qui jouer.

Rien à faire.

C'est alors...

...qu'il vit...

...l'avertissement!

Il était écrit sur le mur blanchi à la chaux du hangar à charbon, en grosses lettres noires. Il disait:

ATTENTION
PRENEZ GARDE
AU FANTÔME

(signé)
Le Fantôme

Au-dessous de «(signé) Le Fantôme», il y avait un crâne noir et deux os qui formaient une croix, et cela impressionna beaucoup Bertie.

«Prenez garde au Fantôme», c'est ce que disait l'avertissement, mais Bertie ne pouvait pas le lire parce qu'il n'était qu'au cours préparatoire, et qu'il était en retard pour la lecture.

Au lieu de prendre garde au Fantôme, il passa la tête par la porte du hangar à charbon pour voir s'il y avait d'autres crânes et d'autres os en forme de croix à l'intérieur.

On avait fait des changements dans le hangar à charbon. Quelqu'un avait passé le balai. Sur les étagères, il y avait une bouilloire et une boîte marquée «thé», et sur le mur en face des étagères, le portrait d'une dame qui tenait une lampe à la main.

Le Fantôme était assis sur le tas de charbon et lisait le *Fantôme-Soir* de la veille. Il étudiait la rubrique nécrologique lorsqu'il entendit une exclamation étouffée.

Il leva les yeux et vit Bertie.

– Bonjour, dit poliment le Fantôme.

– Qui... qui... ? bégaya Bertie, stupéfait de trouver un monsieur légèrement transparent assis sur le tas de charbon.

– Florence Nightingale, dit le Fantôme, qui croyait que Bertie parlait du portrait. Une personne qui m'est particulièrement chère. C'était une infirmière connue pour son dévouement, Bertie.

– Comment sais-tu que je m'appelle Bertie ? dit Bertie.

– Tu t'appelles Bertie Boggin, dit le Fantôme. Pour un fantôme, ce n'est pas très difficile à savoir.

– Un fantôme ! s'étrangla Bertie.

Bertie n'avait encore jamais vu de fantôme. Il plissa les yeux et scruta de près le Fantôme, puis il scruta d'encore plus près *à travers* le Fantôme.

– Je crois bien que je ne crois pas que tu existes, dit prudemment Bertie.

– Je sais que j'ai connu des jours difficiles, mais ce n'est pas une raison pour m'insulter, dit le Fantôme, l'air vexé. Si je n'existe pas, alors à qui crois-tu que tu es en train de parler ?

– Oh, fit Bertie.

Il s'assit sur le charbon pour réfléchir à cela.

– Si tu es un fantôme, dit Bertie, alors fais une chose que font les fantômes. Comme... comme dans *S.O.S. Fantômes,* par exemple...

– S'il le faut vraiment, dit doucement le Fantôme... Et *il disparut !*

Bertie se leva et grimpa en haut du tas de charbon, à l'endroit où le Fantôme était assis.

Mais pas de Fantôme.

– Tu es là ? demanda Bertie. Je crois que tu existes, maintenant. Tu peux apparaître si tu veux. Allez. Allez, apparais.

Mais le Fantôme n'apparut pas.

Bertie était très ennuyé. Personne d'autre que lui au CP de l'école de la rue

Kitchener n'avait jamais vu de fantôme, et il allait être le premier... jusqu'à ce que le Fantôme disparaisse.

– Tu ne me fais pas peur, dit Bertie, même si tu es capable de disparaître. Ça ne me fait même pas peur. Je n'ai jamais peur. Je suis le garçon le plus courageux du CP.

Il dit cela avec une voix qu'il espérait très impressionnante pour un fantôme. Mais il ne se sentait pas vraiment courageux.

Il s'assit sur le charbon, là même où le Fantôme s'était assis. À cet endroit, le charbon était légèrement plus froid qu'ailleurs, et cela le fit frissonner.

– Je t'autorise à apparaître, dit-il avec espoir.

Toujours pas de Fantôme. Bertie commença à se demander s'il n'avait pas offensé le Fantôme sans le vouloir. Peut-être que les fantômes n'aimaient pas qu'on leur dise qu'on ne croyait pas en eux.

C'est alors que :

C-R-I-I-I-C !

La porte du hangar à charbon s'ouvrit brusquement, et Bertie ferma les yeux, très fort. Mais ce n'était pas le Fantôme qui réapparaissait, c'était Elsie. Elle passa la tête à l'intérieur, et vit Bertie, assis en haut du tas de charbon, les yeux fermés, l'air effrayé.

– Il est là, maman, dit Elsie. Il est assis sur le charbon. Il a du noir partout.

– *Bertie Boggin !* tonna Mme Boggin.

Et l'instant d'après Bertie était saisi et sorti du hangar.

Il y a nettoyer et nettoyer, et le nettoyage auquel eut droit Bertie fut un nettoyage plus que nettoyant, d'un genre que Bertie n'aimait pas du tout.

– Qu'est-ce qui t'a pris d'entrer là-dedans avec tes habits d'école ? dit Mme Boggin en lui écrasant le gant de toilette mouillé sur la figure. Qu'est-ce que tu faisais, Bertie ?

– Je parlais, dit Bertie.

– Tu parlais, dit Mme Boggin. À qui ?

Bertie la regarda du coin de l'œil qui n'était pas caché par le gant de toilette. Il n'aimait pas faire de cachotteries, mais il n'était pas du tout sûr que sa mère le croirait.

– À un fantôme, dit-il.

– Quel fantôme ? demanda Mme Boggin avec dédain.

Mais elle n'eut pas la réponse, car à cet instant Elsie trébucha sur le Bioman de Max et atterrit tout au bas des marches. Elle n'eut rien de cassé, mais le pot de peinture orange qu'elle rapportait de la chambre du haut fit un vol plané, et retomba, peinture d'abord, sur la tête de Tojo, puis sur le tapis de l'entrée.

Tojo menait une vie de chien chez les Boggin.

– Bertie voit des fantômes, maintenant, rapporta Elsie à M. Boggin qui rentrait de son travail. Et devine un peu où Max a laissé son Bioman ?

– Le fantôme de Bertie était dans le hangar à charbon, s'empressa de dire Max, qui n'avait pas très envie qu'on parle des Bioman qui faisaient des croche-pieds aux gens. Bertie s'est mis du noir partout, et maman a été obligée de laver ses vêtements sur lui, et il a dit qu'il avait parlé avec un fantôme mais ce n'est pas vrai parce que les fantômes n'existent pas, hein dis ?

– Bien sûr que non, dit M. Boggin qui humait, le nez en l'air, pour essayer de deviner ce qu'il y avait au dîner.

– Bertie est un petit menteur, dit Max. C'est ce que je dis toujours, mais vous ne voulez jamais me croire.

– Max, dit Mme Boggin d'un ton menaçant.

– C'est du bacon, Edna ? demanda M. Boggin.

– Avec du chou, dit Mme Boggin. Elle avait fait du bacon avec du chou parce que c'était le dîner préféré de M. Boggin et qu'il aurait bien besoin de son dîner préféré pour se remettre du choc que lui causerait la peinture dans l'entrée.

– Bertie est un menteur, dit Max. Tu as dit que les fantômes n'existaient pas. Donc Bertie est un menteur.

– *Maximilien !* dit M. Boggin.

– Si, ils existent. Et non, je ne suis pas un menteur, dit Bertie mais personne ne l'entendit parce qu'il était sous la table.

– Bertie a simplement de l'imagination, Max, dit Mme Boggin.

Mais Max ne l'entendit pas. Il observait son père. Celui-ci avait posé son couteau et sa fourchette, et regardait cet étrange chien orange qui le fixait derrière la fenêtre donnant sur la cour.

– C'est... c'est... balbutia M. Boggin, car il lui semblait avoir déjà vu ce chien, même si la couleur n'était pas la bonne.

– C'est notre Tojo, dit Mme Boggin.

– Son vrai nom c'est Thomas Joseph, ajouta Bertie, désireux de se rendre utile.

– Il faut que je te dise que nous avons eu un petit accident, chéri, dit Mme Boggin.

Dès cet instant, tous restèrent muets jusqu'à ce que M. Boggin ait fini d'examiner la tache de peinture orange dans l'entrée, une grande tache avec, au milieu, un découpage en forme de chien.

M. Boggin ne l'avait pas remarquée en entrant, mais là, il se rattrapa largement.

– Bertie, lui dit Mme Boggin le soir en le couchant, Bertie, que faisais-tu dans le hangar à charbon avant l'accident avec le pot de peinture ?

Bertie le lui expliqua pour la deuxième fois de la journée. Mme Boggin essaya de prendre un air très sérieux, parce qu'être mère était pour elle une chose très sérieuse.

– Ce fantôme, c'est un de tes jeux, Bertie, dit-elle de sa fameuse voix « douce-mais-ferme ». Je suis ta mère. Ça ne me gêne pas que tu fasses semblant d'avoir un fantôme, tant que nous savons toi et moi que ce n'est qu'un jeu, et tant que tu n'ennuies pas les autres avec.

– Je ne fais pas semblant, dit Bertie.

– Les fantômes, ça n'existe pas, dit Mme Boggin. C'est donc que tu fais semblant, non ?

– Ou-i... hésita Bertie, mais quand même... quand même j'aimerais bien qu'il soit vrai.

Mme Boggin eut l'air surprise.

– S'il était vrai, j'aurais quelqu'un avec qui jouer quand je ne suis pas à l'école, dit Bertie.

Après que sa mère fut redescendue, Bertie se mit à réfléchir dans son lit. Il se dit que sa mère devait avoir raison.

– Je sais que les fantômes n'existent pas, donc elle a forcément raison, murmura Bertie, couché dans le noir, les couvertures ramenées sous le menton.

C'est alors qu'il y eut...

comme un souffle...

... un léger froissement...

et le Fantôme descendit par la cheminée, en flottant, et s'assit sur le chambranle où il fit une petite trace de suie en forme de fantôme.

– Bonsoir, dit le Fantôme.

– Je le savais bien que tu existais pour de vrai, dit Bertie en ouvrant prudemment un œil pour regarder le Fantôme.

Puis il ouvrit le second, et s'assit dans son lit.

– Moi aussi je savais que tu étais vrai, Bertie, dit le Fantôme, qui voyait les choses de son point de vue de fantôme.

– Ils ne croient pas que tu existes, en

bas, dit Bertie, très perturbé de nouveau. Max dit que je suis un menteur, papa ne croit pas aux fantômes, et ma maman dit que je t'ai inventé et que je ne peux pas te voir parce que tu n'es pas vrai. Mais tu es vrai. (Il s'interrompit pour réfléchir.) Peut-être que... peut-être qu'ils ne peuvent pas te voir parce qu'ils ne croient pas aux fantômes.

– Sans doute... dit le Fantôme.

– Moi, je crois aux fantômes, s'empressa d'ajouter Bertie, craignant que le Fantôme ne se vexe et ne se remette à disparaître.

– Je suis bien obligé de croire aux fantômes puisque j'en suis un, dit le Fantôme, en croisant les jambes et en se calant sur le rebord de la cheminée.

– Tu seras mon ami, dis ? demanda anxieusement Bertie.

– Mais bien sûr, dit le Fantôme. Cela fait si longtemps que je n'ai eu personne avec qui être ami.

– Chic, dit Bertie.

Et il se blottit dans son lit, tout heureux.

– Fantôme, dit Bertie, je serai ton meilleur ami et tu seras mon meilleur ami, d'accord ?

– *Oui,* dit le Fantôme. Ça me plaît, ça. Nous allons être Meilleurs Amis, Bertie.

Bertie s'endormit et le Fantôme se pelotonna sur le rebord de la cheminée. Il resta là, luisant doucement, jusqu'à ce que minuit sonne, car c'était pour lui l'heure de mettre son manteau et de retourner hanter dehors.

II

LE FANTÔME VA FAIRE LES COURSES

Un après-midi, comme Max et Elsie étaient installés en bas, en train de faire leurs devoirs, Mme Boggin dit : « Mets ton tricot rouge, Bertie. Nous allons faire les courses au supermarché. »

Bertie partit chercher le tricot rouge dans sa commode, et trouva le Fantôme roulé en boule dans le tiroir des tricots. Il prenait un repos bien mérité, après avoir hanté toute la nuit à l'Auberge du Spectre, rue Culloden.

– Réveille-toi, Fantôme, dit Bertie. Tu dors sur mon tricot rouge et j'en ai besoin. Je vais faire les courses au supermarché.

Le Fantôme flotta hors du tiroir et s'étira jusqu'à retrouver sa vraie taille de fantôme normal.

– Ton tiroir est un peu trop petit pour être vraiment confortable, dit-il en se défroissant, debout devant la glace.

– J'aime bien aller faire les courses, dit Bertie.

Le Fantôme ne l'entendit pas. Le Fantôme était retourné au tiroir à tricots et fouillait frénétiquement à l'intérieur. «Où est mon chapeau?» demanda-t-il d'une voix inquiète. Parfois, lorsque le Fantôme rentrait tard de l'Auberge du Spectre, il lui arrivait de laisser ses affaires un peu n'importe où, et il avait peur de perdre son chapeau.

– Ton chapeau est sous le lit de Max et il est plein de poussière, dit Bertie.

Mme Boggin ne voulait pas que Bertie jette ses vêtements sous les lits, elle disait qu'elle en avait assez d'user ses genoux jusqu'à l'os à ramper par terre pour aller les chercher.

– Pourquoi tu veux ton chapeau ?

– Pour le mettre sur ma tête, dit le Fantôme en se coulant sous le lit de Max pour attraper son chapeau qui, allez savoir comment, s'était empêtré avec une maquette de la Victoire de Nelson, un modèle complet avec son canon en plastique.

– Tu vas avoir la tête pleine de poussière, dit Bertie.

– Une petite toile d'araignée n'a jamais gêné un fantôme, je n'en dirai pas autant des chauves-souris, dit le Fantôme. De toute façon je vais épousseter mon chapeau avant de le mettre sur ma tête. Il faut que je sois beau, aujourd'hui.

– Pourquoi ? demanda Bertie.

– Les fantômes aiment se faire beaux pour aller faire les courses, dit le Fantôme.

– Mais personne ne peut te voir, sauf moi, fit remarquer Bertie.

– Moi, je peux me voir, et je ne suis pas Personne, dit le Fantôme avec dignité.

Puis il sortit de la maison par la cheminée, et entra dans le hangar à charbon par le tuyau d'écoulement pour aller chercher sa plus belle veste et ses plus belles chaussures.

Mme Boggin, Bertie, le Fantôme et son chapeau allèrent rue Ormeau et montèrent dans un bus. Ils s'installèrent sur l'impériale, pour que Bertie puisse voir tous les gens dehors.

– Il est très bien, ce bus, dit le Fantôme à Bertie. En général, les fantômes n'aiment pas tellement les bus.

– Pourquoi ? demanda Bertie.

– Les gens s'assoient sur les chapeaux des fantômes dans les bus, dit le Fantôme.

– Mais tu l'as sur la tête, ton chapeau, dit Bertie.

– C'est bien ce que je veux dire, dit le

Fantôme. Les gens s'assoient sur les chapeaux des fantômes, alors que les fantômes les ont sur la tête. Cela peut être très inconfortable d'être un fantôme dans un bus lorsqu'il y a du monde, je peux te le dire. J'aime bien *ce bus-là*, parce qu'il n'y a pas trop de gens dedans pour s'asseoir sur moi.

– Il y a moi, dit Bertie, mais moi je ne le ferai pas.

Devant le centre commercial, ils descendirent du bus. Mme Boggin choisit un chariot en entrant.

– C'est moi qui m'assois dans le chariot, dit Bertie.

– Non, Bertie, dit Mme Boggin. Tu es bien trop grand. Quand on va à l'école, on ne s'assoit plus dans les chariots.

– Les fantômes aiment s'asseoir dans les chariots, dit le Fantôme en s'installant confortablement pour une promenade dans les rayons.

– Si j'avais su, je t'aurais laissé à la maison, grommela Bertie.

Mme Boggin avait les courses de toute la semaine à faire. Des corn flakes, du porridge, des haricots blancs sauce tomate, du sirop d'orange, des petits pois surgelés, du céleri, des bananes, des bigoudis, des lames de rasoir...

– Des bonbons, dit Bertie en levant les yeux vers les rayons.

Mais Mme Boggin n'entendit pas. Elle était bien trop occupée à choisir des tomates, à prendre du riz, de la farine, des croquettes pour chien, des élastiques, de la lessive en promotion (20 centimes de moins), trois plats bleus, de la pâte d'amande et des moules à flans.

Le Fantôme inspectait un rayon chargé de livres de poche.

«Les fantômes aiment les livres», expliqua-t-il à Bertie du haut du chariot. «Les livres sont pleins d'histoires passionnantes sur des gens que les fantômes ont bien connus.»

– Je veux des bonbons, dit Bertie qui n'était pas du tout d'humeur à entamer une conversation de rat de bibliothèque avec un fantôme.

– Quels bonbons veux-tu, Bertie ? demanda le Fantôme.

– Des Scotchboules, dit Bertie bien fort, dans l'espoir que sa mère l'entende.

– Bertie veut des Scotchboules, Edna, dit le Fantôme.

C'était à Mme Boggin qu'il parlait. Elle s'appelait bien Edna, mais elle ne l'entendit pas parce qu'elle ne croyait pas aux fantômes.

– Ne commence pas à m'ennuyer, Bertie, dit Mme Boggin en prenant du bacon, des saucisses, du papier d'aluminium, de la viande pour chien, des pointes d'asperges, quatre stylos à bille bleus, un chou, une râpe à fromage, mais pas un seul Scotchboule.

– Moi, *j'aime* les Scotchboules, dit Bertie.

– Bertie *aime* les Scotchboules, Edna, dit le Fantôme.

Mais Mme Boggin n'entendit ni l'un ni l'autre.

– Je *veux* des Scotchboules, dit Bertie.

– Bertie veut des Scotchboules, répéta le Fantôme sans grand espoir.

Mme Boggin les ignora, aussi le Fantôme décida-t-il de faire quelque chose. Après tout, Bertie était son Meilleur Ami.

Ils arrivèrent à la caisse, et la dame sortit toutes les courses de Mme Boggin du chariot.

Il y avait du porridge, des corn flakes, des haricots blancs sauce tomate, du sirop d'orange, des petits pois surgelés, des Scotchboules, du céleri, des bananes, des bigoudis, des lames de rasoir, des Scotchboules, des tomates, des pommes de terre, du riz, de la farine, des croquettes pour chien, des Scotchboules, des élastiques, de la lessive en promotion (20 centimes de moins), trois plats bleus, de la pâte d'amande et des moules à flans et…

– Des Scotchboules ! s'exclama Mme Boggin en retirant le paquet de Scotchboules du comptoir. Bertie, je peux savoir comment elles sont arrivées dans mon chariot ?

– Je ne sais pas, dit Bertie. Ce doit être le Fantôme.

– Alors le Fantôme n'a qu'à les remettre à leur place, dit Mme Boggin, et elle se retourna, furieuse, vers le rayon des Scotchboules.

Elle regarda le rayon.

Elle regarda Bertie.

Bertie était petit pour un élève de CP et le rayon des bonbons était très haut. Il y avait beaucoup de bonbons en bas, bien sûr, mais les Scotchboules se trouvaient sur l'étagère la plus haute.

Elle leva les yeux vers l'étagère, puis les baissa vers Bertie, les *leva* vers l'étagère, et les *baissa* encore vers Bertie, et elle devint toute pâle.

Bertie était trop petit pour atteindre les Scotchboules. Quelqu'un debout dans un chariot aurait peut-être pu y arriver, mais ce n'était pas Bertie. Les pieds de Bertie n'avaient pas quitté le sol.

– Scotch ! dit faiblement Mme Boggin.

– C'est une excellente idée, Edna, dit le Fantôme qui adorait prendre un petit alcool à l'heure de la fermeture, à l'Auberge du Spectre.

– Ce sont des Scotchboules, rectifia

Bertie. Je ne peux pas en avoir juste un paquet, dis, Maman ?

– Ou-i... mon chéri, dit Mme Boggin d'une voix tremblante, et elle en tendit trois paquets à Bertie.

Ils attendirent dehors que M. Boggin et les autres viennent les chercher avec la Coccinelle des Boggin. Ils restèrent silencieux pendant le trajet. Lorsqu'ils arrivèrent rue Livermore, Bertie alla au hangar à charbon partager ses Scotchboules avec son Meilleur Ami, tandis que M. et Mme Boggin avaient une conversation sérieuse dans le salon, porte fermée.

– Le fantôme de Bertie, Edna ? dit M. Boggin, abasourdi.

– Le fantôme de Bertie, dit Mme Boggin.

– Mais il n'y a pas de fantôme, Edna, dit gravement M. Boggin, je n'ai jamais rien entendu d'aussi absurde. C'est une invention de Bertie parce qu'il n'a personne de son âge avec qui jouer quand il n'est pas à l'école.

– Mais... reprit Mme Boggin.

– Je ne crois pas aux fantômes, c'est tout, dit M. Boggin d'un ton méprisant.

– Moi non plus, dit Mme Boggin. Bien sûr que non. C'est complètement absurde, n'est-ce pas ?

– Complètement, dit M. Boggin.

Mais il ne put expliquer le mystère des Scotchboules.

III
LE PIQUE-NIQUE DU FANTÔME

C'était le matin du pique-nique spécial des grands de l'école primaire de la rue Kitchener.

Elsie et Max se levèrent de bonne heure et firent tellement de bruit dans toute la maison qu'ils réveillèrent Bertie et dérangèrent le Fantôme au beau milieu d'un rêve très agréable, au sujet de Florence Nightingale.

«Nous allons à Millisle», fredonnait Elsie en roulant son maillot de bain dans une serviette.

«Maman les p'tits bateaux qui vont sur l'eau ont-ils des jambes», chantait Max en s'emparant d'une pelle et d'un seau qu'il venait par chance de découvrir, cachés sous l'escalier.

– C'est ma pelle et mon seau, dit Bertie de son lit, mais je te les prête pour cette fois.

– Merci beaucoup, dit Max d'un ton peu aimable, et il descendit l'escalier en clamant «Maman les p'tits bateaux...» de sa voix la plus aiguë.

– Je veux aller au pique-nique spécial de Millisle, dit Bertie au Fantôme qui avait délaissé Florence Nightingale et s'était assis en tailleur devant le radiateur électrique, avec l'espoir que quelqu'un l'allumerait.

C'était un jour gris, il bruinait, et le Fantôme s'était dit qu'il allait rester à l'intérieur avec Bertie, pour avoir chaud. Les fantômes ont déjà suffisamment froid comme ça, sans que les conditions atmosphériques s'en mêlent.

– C'est très bien les pique-niques, dit le Fantôme, mais les fantômes préfèrent le pain grillé au coin du feu.

Bertie ne l'écoutait pas. Bertie sortait de son lit.

– Je ne vois pas pourquoi moi je n'irais pas au pique-nique spécial à Millisle, dit-il. Je parie que je serais un meilleur pique-niqueur que Max.

Et il descendit dire tout cela à sa mère.

– Qu'est-ce que tu fais en bas en pyjama ? dit Mme Boggin, dès qu'elle vit Bertie sur le seuil de la cuisine. Et sans chaussons ! Tu veux attraper la mort ! Monte t'habiller tout de suite !

– Mais... commença Bertie.

– Tout de suite ! coupa Mme Boggin.

Elle était occupée à chercher le ciré de Max pour le cas où il se mettrait à pleuvoir. Max s'en était servi en guise de cape pour sauter du haut de l'escalier quand il avait joué à Bat-Max, et il ne savait plus ce qu'il en avait fait ensuite.

Bertie remonta, s'habilla, et redescendit en tenant à la main son maillot de bain et une serviette qu'il était allé prendre dans la salle de bains.

– Moi, je vais au pique-nique spécial

à Millisle avec Elsie et Max, annonça-t-il.

– Mais tu es un petit du CP, dit Max, méprisant. Ce n'est que pour les grands, le pique-nique spécial à Millisle.

– Compte là-dessus et boit de l'eau, dit Elsie qui n'était pas contente de devoir aller au pique-nique avec son chapeau de pluie, parce qu'il était jaune vif, et la faisait ressembler à un perroquet géant.

– Pas cette année, Bertie, dit Mme Boggin.

Bertie avait l'air en colère, peut-être même qu'il allait se mettre à pleurer.

– Ça y est, il va pleurer, dit Max.

– C'est pas vrai, dit Bertie.

– Tu iras au pique-nique quand tu seras plus grand, Bertie, dit Mme Boggin. J'ai peur que tu ne sois encore un peu petit, cette année.

Bertie remonta l'escalier, en emportant sa pelle et son seau parce qu'il venait de décider qu'il n'allait pas les prêter à Max. Il s'arrêta à l'entrée de la salle de bains, devant le miroir.

– Miroir, ô mon Miroir, dit Bertie plein d'espoir, qui est Le Plus Petit de Tous les Boggin ?

Bertie pensait que le miroir pourrait peut-être se tromper et répondre : « C'est Max », ou bien avoir l'idée d'un cousin que lui, Bertie, aurait oublié.

Mais ce n'est pas ce que fit le miroir.

Le miroir répondit : « C'est toi », d'une voix qui ressemblait beaucoup à celle du Fantôme.

– Et d'ailleurs je n'aime pas les fantômes, cria Bertie.

Il y eut une lueur sur le palier du dessus, et le Fantôme apparut, l'air très fier de lui.

– Je suis vraiment désolé, Bertie, dit-il, c'était seulement pour rire. Ne pleure pas.

– Mais je ne pleure pas, dit Bertie, en reniflant bruyamment.

– Bien sûr que tu ne pleures pas, dit le Fantôme.

Bertie alla dans sa chambre et s'assit sur le lit.

– De toute façon je n'aime pas *vraiment* les pique-niques.

– Les fantômes n'aiment pas les pique-niques au grand air, dit le Fantôme.

– Pourquoi ils n'aiment pas les pique-niques au grand air ?

– Les fantômes s'envolent plus facilement que les gens. Les fantômes ne sont pas très costauds. C'est pour ça que les fantômes n'aiment pas les pique-niques au grand air. Comment voulez-vous manger si vous vous envolez tout le temps ?

– Alors qu'est-ce qu'ils aiment comme pique-niques, les fantômes ?

– Les pique-niques fantômes.

– Qu'est-ce que c'est, un pique-nique fantôme ? demanda Bertie.

Le Fantôme le lui expliqua.

Elsie et Max Boggin quittèrent la maison des Boggin, rue Livermore, à neuf heures et demie. À dix heures, il commença à pleuvoir à grosses gouttes. Ils eurent de la pluie pendant tout le trajet jusqu'à Millisle, pendant tout le pique-nique, pendant toute la promenade au phare de Donaghadee, et pendant tout le trajet du retour. Ils arrivèrent à la maison à cinq heures et demie, leurs chaussures faisaient floc-floc dans l'entrée.

– Un bol de soupe, et au lit, ordonna Mme Boggin en séchant Elsie.

– Moi, je ne veux pas me coucher et a...a... a...tchoum ! dit Max, tandis qu'une jolie mare se formait à ses pieds.

Pas très brillant pour un Bat-Max !

– Au lit, dit Mme Boggin, et elle poussa Elsie et Max vers l'escalier, alors que l'heure de se coucher était encore très loin.

Elle leur fit de la soupe à la tomate bien chaude, puis elle voulut leur donner un petit quelque chose de spécial pour les consoler.

Elle ne réussit pas à mettre la main sur la confiture de fraise.

Les éclairs au chocolat avaient disparu de la boîte où ils résidaient habituellement.

Il n'y avait plus aucun caramel dans la boîte de caramels.

Le moule à entremets avait été consciencieusement raclé par un Boggin non identifié.

Quelqu'un s'était emparé des deux dernières pommes et de la bouteille de limonade qui se trouvaient dans le placard de la cuisine.

– Ça me plaît, les pique-niques fantômes, dit Bertie, le seul enfant Boggin à être resté debout, et qui était allé au hangar à charbon pour parler au Fantôme. Mais je ne comprends toujours pas *pourquoi* il fallait faire ton pique-nique fantôme dans le hangar à charbon. On n'arrive pas à voir ce qu'on mange.

– Les fantômes voient très bien dans le noir, dit le Fantôme, qui léchait un reste d'éclair au chocolat sur ses doigts de fantôme. Les autres gens, non. Et ça permet aux fantômes de manger beaucoup plus de choses que les autres. Voilà pourquoi les fantômes pique-niquent dans le noir.

– Ah, fit Bertie.

– Mais tu n'as pas de raison de te

plaindre, dit le Fantôme, tu as mangé cinq éclairs.

– Quatre, dit Bertie.

– *Cinq,* dit le Fantôme. Mes doigts ne sont peut-être plus que le reflet d'eux-mêmes, mais je peux encore compter dessus.

Cinq éclairs, et beaucoup d'autres choses. Et toi, tu ne t'es pas fait tremper jusqu'aux os et on ne t'a pas envoyé au lit. Tu as pique-niqué bien au sec dans un hangar à charbon confortable, et tu n'as pas été obligé de manger des sandwiches à la banane mouillés sous un arrêt de bus à Millisle comme Max et Elsie. Tu as eu droit à un pique-nique fantôme spécial dans le noir, parce que tu es mon Meilleur Ami.

– C'est vrai ? dit Bertie l'air très content.

– Mon Meilleur Ami tout *spécialement,* dit le Fantôme.

IV
TOJO ET LE FANTÔME

– Grrrr ! Warrfff ! Ouah ouah ! Grrrr !

– Mais qu'est-ce qu'il a, ce chien ? grogna M. Boggin, qui essayait de lire le *Sunday Times* tout en faisant la vaisselle, parce que Mme Boggin était en grève. Elle était partie rendre visite à tante Amanda à Ballynahinch, en laissant derrière elle le reste des Boggin pour profiter de ce premier week-end des vacances scolaires.

– Grrr ! Ouah ouah !

Dans la cour, Tojo faisait des bonds autour du hangar à charbon, et aboyait en direction de quelque chose.

– Il court après sa queue, dit Elsie. Qu'il est bête ce chien !

Elle était en train de gratter des haricots blancs qui avaient attaché au fond de la plus petite casserole, et cela ne l'enthousiasmait pas particulièrement.

À cet instant, Bertie descendit l'escalier comme une fusée, traversa en coup de vent la salle de séjour, et se rua dans la cour.

– Bertie ! tonna M. Boggin, juste au moment où la porte de la cuisine claquait.

– Grrr ! Warfff !

Le Fantôme était assis sur le toit du hangar à charbon, et tentait de conserver un air digne et historique, mais il bouillait en son for intérieur de fantôme.

– Les fantômes, dit-il à Bertie, n'aiment pas que d'énormes chiens pleins de poils viennent les renifler et leur aboyer après. Les fantômes ont derrière eux une vie longue et difficile. Et le fantôme que tu as devant toi est parti de l'Auberge du Spectre et a emménagé dans ton hangar à charbon pour jouir d'un peu de calme et de repos, loin de la discothèque de la Cave hantée !

– Je suis vraiment désolé, Fantôme, dit Bertie.

Il saisit Tojo par le collier et l'éloigna du hangar à charbon. Bertie avait peur que le Fantôme ne décide de disparaître à nouveau, alors que les vacances venaient de commencer.

– Grrrr ! gronda Tojo.

– Allez, rentre, dit Bertie, et il poussa Tojo à l'intérieur de la cuisine.

Tojo se précipita dans les jambes de M. Boggin qui lâcha l'éponge sur la théière, laquelle tomba de la table et atterrit sur le pied de Max. Max fit un bond et sa tête vint heurter la porte du placard, qui alla frapper la boîte de corn flakes qui se déversèrent dans la gamelle de Tojo, où ils ne firent pas long feu.

Lorsque Tojo eut fini de manger les corn flakes, il se rendit à la salle de séjour, et monta sur le canapé pour regarder dans la cour.

Tojo était préoccupé par la cour.

Tojo était un bon chien. Il connaissait son métier. Ce métier consistait à manger ce qui lui tombait sous le nez, à emmener les gens en promenade, et à garder la maison. C'était ce dernier point qui préoccupait Tojo.

Tojo n'avait rien vu, mais il avait *flairé*. Et ce qu'il avait flairé, ce n'était ni un rôdeur, ni quelqu'un venu lui apporter un os, ni un de ces chats téméraires et stupides. Ce qu'il avait flairé ressemblait définitivement à une odeur de fantôme, mais il avait eu beau renifler et aboyer, il n'avait pu trouver ce dont il s'agissait.

– Je crois que ça doit être très perturbant d'avoir un fantôme dans le hangar à charbon, pour un chien qui n'est pas très intelligent, dit Bertie, qui se sentait lui-même parfois perturbé.

– Avoir un chien pas très intelligent

dans la cour, c'est encore plus perturbant, pour un fantôme à l'intelligence supérieure, dit le Fantôme sans aucune honte. J'étais tranquillement en train de rêver à Florence Nightingale, aux jours passés et aux promenades en tram à dix sous, lorsque ce chien a surgi.

– Tu devrais essayer de devenir ami avec Tojo, suggéra Bertie.

– Les fantômes sont d'un tempérament amical, mais pas avec les chiens qui viennent leur renifler les mollets ! dit le Fantôme.

– Et si tu emmenais Tojo en promenade ? Il aime les promenades, alors peut-être qu'il t'aimerait toi aussi.

– Hmmmmm, fit le Fantôme. Tu crois vraiment ?

– Oui, répondit Bertie.

Et c'est ainsi qu'à deux heures et demie, lorsque M. Boggin et Bertie emmenèrent Tojo pour sa promenade au parc, le Fantôme mit son plus beau manteau et ses plus belles bottes, et les accompagna.

Ils étaient au milieu du parc lorsqu'une odeur de fantôme vint frapper les narines de Tojo.

– Grrr ! Warff !

Tojo fila devant Bertie en agitant la queue, ses grosses pattes martelant le sol. Le Fantôme jeta un regard à cette énorme chose pleine de poils qui lui fonçait dessus, avant de s'enfuir en direction des arbres.

Il n'avait rien vu de tel depuis la Charge de la Brigade légère.

– Tojo ! s'écria Bertie.

– Grrrrr !

Complètement essoufflé, le Fantôme atteignit enfin le premier arbre et y grimpa, pour se mettre hors d'atteinte. Tojo arriva bientôt au pied de l'arbre et se mit à faire des bonds et à caracoler en aboyant sauvagement.

– Oh mon Dieu, mon Dieu ! haleta le Fantôme en s'installant sur la plus haute branche qu'il avait pu atteindre.

– Mais pourquoi est-ce que Tojo attaque cet arbre ? demanda M. Boggin qui s'était assis sur un banc pour lire la partie de son journal qui n'avait pas trempé dans l'eau de vaisselle.

«C'est parce qu'il court après le Fan...» commença à expliquer Bertie, mais il s'arrêta. Mme Boggin pouvait entendre les aventures du Fantôme de Bertie, mais pas M. Boggin. «*Les fantômes, ce sont des inepties*», disait M. Boggin. «*Et je ne veux pas entendre ce genre de bêtises dans ma maison.*» Il est évident que M. Boggin ne croyait pas aux fantômes. Bertie était le seul Boggin qui croyait aux fantômes, et le seul Boggin qui pouvait voir qu'il y en avait un dans le hangar à charbon. Au lieu de parler du Fantôme, Bertie dit: «Il est de quelle race, ce chien-là, papa?» comptant que le changement de sujet lui éviterait des ennuis.

«Ce chien-là» était un gros chien, deux fois gros comme Tojo à peu près, et l'air trois fois plus féroce. Il avait entendu Tojo se lancer à la chasse au Fantôme, et avait traversé le parc à toute allure pour voir s'il n'y avait pas une bonne bagarre.

«Rrrr!» Le gros chien, qui était le champion du parc dans la catégorie poids lourds, montra les dents, et l'instant d'après, il bondissait sur le pauvre Tojo, et tentait de lui arracher les oreilles.

– Tojo! s'écria Bertie. Et M. Boggin se mit à courir en criant lui aussi, et en agitant son journal qu'il avait roulé, dans la direction du gros chien.

Mais quelqu'un d'autre était déjà venu à la rescousse, au moment où Tojo semblait sur le point d'être réduit en pâtée pour chien.

– Garp! fit le gros chien, effrayé, en sentant que quelque chose qui pouvait bien être un fantôme plein de courage venait de lui tomber sur la tête, et se mettait à lui tirer les oreilles.

– Garp ! Kaï ! fit le gros chien comme ce quelque chose qui pouvait bien être un fantôme lui donnait un grand coup sur le nez.

– KAÏ KAÏ ! hurla le gros chien, tandis que cette même chose qui pouvait bien être un fantôme venait de le saisir par la queue et lui faisait faire des moulinets.

– KAÏ ! gémit le gros chien en fuyant Tojo, ventre à terre, et il traversa le parc comme une fusée, la queue entre les pattes.

– Je ne comprends pas, dit M. Boggin qui se grattait la tête, abasourdi. C'est notre Tojo qui a fait ça ?

Debout au pied de l'arbre, Tojo

remuait la queue de manière très amicale et donnait de grands coups de langue à quelqu'un que M. Boggin ne pouvait pas voir, quelqu'un qui se sentait plutôt fier de sa spectrale personne, maintenant que la bataille était terminée.

M. Boggin secouait la tête, toujours abasourdi : « Si je n'avais pas vu Tojo le faire de mes propres yeux... »

Ils reprirent tous les quatre le chemin de la maison.

– Tu as beaucoup de courage, Fantôme, dit Bertie plein d'admiration.

– Ce n'était rien, dit le Fantôme. Fais-moi penser à te raconter un jour la Bataille d'Inkerman. Ah, *ça*, c'était un combat, un vrai.

Et il s'assit sur le charbon avec son

nouvel allié Tojo et son vieil ami Bertie Boggin, et il leur parla longuement de Florence Nightingale, d'Inkerman, de Balaclava, de la Charge de la Brigade légère, et de ce-qu'avait-dit-Lord-Raglan. Bertie ne l'interrompit pas, et pourtant il avait déjà entendu tout cela.

– Il y a quelque chose de *bizarre* dans cette maison ces jours-ci, dit M. Boggin à Mme Boggin lorsqu'elle arriva par le dernier autocar de Ballynahinch.

Il voulut lui parler de Tojo, mais lorsqu'elle vit dans quel état était la cuisine, il ne fut plus possible de lui parler de quoi que ce soit.

En montant se coucher, Mme Boggin alla voir Bertie, Max et Elsie. Ils dormaient tous profondément, si profondément que l'un d'eux ronflait

– L'un des enfants ronfle, dit-elle à M. Boggin en arrivant dans la chambre.

– Mais non, dit M. Boggin. Je n'entends rien du tout.

– Moi si, dit Mme Boggin. Ce doit être l'ami-fantôme de Bertie !

Elle avait raison, bien sûr, même si elle ne le savait pas.

Elle avait raison, mais il était néanmoins très étrange qu'elle ait entendu quelque chose, car Mme Boggin continuait à *affirmer* qu'elle ne croyait pas aux fantômes.

V

UN FANTÔME À POIS ROUGES

Un jour, Max Boggin revint d'avoir joué au Parc Ormeau avec un bon rhume. Le lendemain matin, ce rhume avait empiré et Max était obligé de rester au lit et de manquer une séance de balle au prisonnier et une excursion. Le matin *suivant,* lorsque Max se réveilla, il ne ressemblait plus à Max.

– Max a les yeux tout rouges et il est plein de taches-berk! annonça Elsie qui était passée voir Max avant de descendre, pour lui parler du base-ball qu'il allait manquer. (Elsie aimait bien raconter à Max tout ce qu'il allait manquer.)

– J'ai vachement mal aux yeux ! dit Max d'une voix faible.

– La rougeole ! dit Mme Boggin.

Et elle descendit aussitôt pour téléphoner au docteur Gibson.

– Magnifique ! dit Elsie. Max a vraiment l'air horrible avec la rougeole. Je veux dire, encore *plus horrible* que d'habitude. Si nous avons de la chance, peut-être qu'il restera comme ça pour toujours.

Et puis elle eut l'idée d'un poème et elle monta le dire à Max :

Ô Toi, Moche Tête pleine de Boutons
Cette fois tu es au lit pour de bon.

Et elle ajouta toute heureuse : « J'étais poète et je ne le savais même pas. »

Là-dessus, elle toussa

Puis elle toussa une seconde fois et gratta le bouton qu'elle avait sur la joue.

Ou plutôt *l'un* des boutons qu'elle avait sur la joue. Car il y en avait plusieurs, tous pareils. Brusquement c'était comme si sa figure se couvrait entièrement de boutons.

– C'est bien fait pour toi, dit Max avec une certaine satisfaction.

– Elsie, au lit ! dit Mme Boggin, et Elsie dut se mettre au lit elle aussi.

– Deux rougeoles, annonça le docteur Gibson. Qu'ils restent au lit, qu'ils suivent le traitement, surveillez leur température, pas d'excitation, et évitez la lumière trop vive

Elsie était assez fière des boutons qui lui venaient. Elle en avait plus que Max. Elle le savait parce qu'elle les avait comptés.

Tante Amanda Boggin arriva de Ballynahinch par l'autocar avec un sac de raisins et une pile de bandes dessinées.

Elle faisait la lecture à Elsie et Max, tandis que Mme Boggin leur apportait à boire et des fruits frais. Des oranges pour Max, et des bananes et des pommes pour Elsie parce qu'elle n'aimait pas les oranges. Elle avait toujours peur d'avaler des pépins. Les rideaux restaient bien fermés et la seule lumière dans la chambre était celle d'une lampe rouge, qui éclairait doucement un coin de la pièce, près du poster de Bioman. Bertie n'avait pas le droit d'entrer. Il était obligé de dormir dans la chambre d'Elsie et de nourrir son poisson rouge. Bertie voulut s'asseoir dans l'escalier, en face de la chambre des malades, mais il n'arrivait pas à entendre les histoires de tante Amanda et personne ne lui apportait de choses à boire, ni d'oranges, avec ou sans pépins.

– Heu-heu ! Heuheu !

C'était Bertie qui entrait dans la cuisine en toussant avec espoir.

– Ne viens pas m'ennuyer, Bertie, dit Mme Boggin qui, assise sur le tabouret de la cuisine, lisait le chapitre sur la rougeole du dictionnaire médical, et s'inquiétait des complications éventuelles.

– Je tousse, dit Bertie. Je crois que j'ai peut-être la rougeole, comme Max et Elsie.

Mme Boggin posa le dictionnaire médical, et regarda Bertie avec attention.

– Non, tu n'as pas la rougeole, dit-elle d'une voix qui signifiait : « On ne discute pas. » Pas encore, en tout cas, grâce au ciel.

– Ça ne me gêne pas d'avoir la rougeole, dit Bertie.

– Tss tss ! fit Mme Boggin tout en cherchant l'endroit où elle avait interrompu sa lecture. Allez ouste, Bertie.

– Mais c'est *possible* que je l'attrape, non ? dit Bertie. Alors j'aurai des boutons, des raisins, une lumière rouge et plein d'histoires de tante Amanda, hein, dis ?

– Ce que tu vas avoir surtout, ce sont de sérieux ennuis si tu ne disparais pas et si tu ne me laisses pas tranquille, dit Mme Boggin d'une voix sombre. Tu n'as pas la rougeole. Et tu n'as pas envie d'avoir la rougeole. Personne n'a envie d'avoir la rougeole. Alors dehors. File !

Bertie alla jusqu'au hangar à charbon et Mme Boggin monta un plateau avec des jus de fruits pour les malades, et un remontant un peu plus musclé pour tante Amanda Boggin de Ballynahinch.

– Bonjour, Fantôme, dit Bertie.

– Ooooaaah. Ooooooh ! gémit le Fantôme.

– Tu es en train de faire tes exercices pour hanter ? demanda Bertie.

Il commençait à avoir l'habitude des

gammes que faisait le Fantôme dans le hangar à charbon, pour se mettre en voix. Hanter est une tâche difficile, qui peut devenir surhumaine, si quelqu'un monte une discothèque dans votre Cave hantée. Parfois le Fantôme était obligé de s'égosiller pour faire entendre ses gémissements par-dessus la musique, et un fantôme qui n'arrive pas à se faire entendre n'est pas digne de porter ses chaînes.

– Ooooh ! Aaaah ! se lamenta le Fantôme. Pauvre de moi ! Pauvre de moi ! Je suis un pauvre fantôme malade. Va-t'en, Bertie, c'est sans doute contagieux.

– Tu crois ? dit Bertie plein d'espoir. Et il regarda à l'intérieur du hangar à charbon. Le Fantôme était couché en chien de fusil sur le tas de charbon. Il avait la figure couverte de boutons, et il ne s'était pas senti aussi mal depuis le lendemain de la fête du Couronnement de 1910, lorsqu'il s'était complètement déshonoré en tombant dans une fontaine à Trafalgar Square.

– C'est la rougeole, dit Bertie. Et il trotta jusqu'à la cuisine. Bertie savait *exactement* ce qu'il fallait faire en cas de rougeole.

– Bertie, appela Mme Boggin, où es-tu, Bertie ?

Elle alla voir dans la pièce où il y avait la télévision, au cas où il serait en train de regarder « 1, rue Sésame », mais il n'y était pas. Elle regarda dans la cachette de Bat-Max sous l'escalier, au cas où Bertie aurait profité de l'immobilité forcée de Bat-Max pour violer son domicile, mais il n'était pas là non plus. Elle sortit alors dans la cour.

Malbrough s'en va-t-en guerre
Mironton mironton mirontaine
Malbrough s'en va-t-en guerre
Ne sait quand reviendra.

Elle entendit la voix de Bertie mais ne comprit pas tout de suite d'où elle venait, bien qu'elle eût dû le deviner.

– Tu veux que je te chante encore *Malbrough* ? demanda gaiement Bertie, tout en proposant au Fantôme un autre quartier de pomme.

– Non, non, s'empressa de dire la

Fantôme. Ça m'a beaucoup plu *la première fois,* mais maintenant je crois que je connais l'histoire, merci.

À cet instant il regrettait amèrement le bon vieux temps, et tout particulièrement Florence Nightingale.

– Je ne connais pas d'autre chanson, dit Bertie. Enfin, en entier je veux dire.

La porte s'ouvrit.

Mme Boggin vit Bertie, les pommes, les oranges, les jus de fruits frais, les grappes de raisins empruntées au sac de tante Amanda, mais elle ne vit pas le Fantôme.

– BERTIE BOGGIN ! dit Mme Boggin.

– C'est pour le Fantôme, dit Bertie. Le Fantôme a la rougeole. Il est malade. Je lui chante *Malbrough* pour le consoler.

– À LA MAISON TOUT DE SUITE, BERTIE BOGGIN ! tonna Mme Boggin en attrapant son fils.

La porte claqua derrière eux, et le Fantôme se réinstalla sur le charbon. Il se sentait sans doute aussi mal que Malbrough après la guerre, et il ne songeait plus qu'à dormir. Ç'avait été une rude journée pour le Fantôme, aussi décida-t-il, le soir venu, qu'il devrait se passer de sa visite à l'Auberge du Spectre. Il réussit à avaler un peu de soupe et un morceau de pain, et le lendemain matin il se sentait assez bien pour s'exercer à quelques cliquetis de chaînes. Après quoi, il sortit, doucement, par le tuyau d'écoulement et descendit la cheminée, avec précautions, jusqu'à la chambre de Bertie.

– Regarde mes boutons! dit fièrement Bertie

Il était assis dans son lit, entièrement couvert de boutons. À côté de lui, il y avait un saladier plein de fruits et une cruche de jus d'orange frais. Mme Boggin avait enlevé le poisson rouge d'Elsie: c'est contagieux, la rougeole.

– Mes boutons sont plus beaux que ceux de Max, dit Bertie, et j'en ai plus qu'Elsie, même si elle dit que non. Ce n'est pas parce qu'elle est en CM2 que ça lui donne tous les droits. C'est moi qui ai les plus beaux boutons de la famille. Et tante Amanda va venir spécialement de Ballynahinch pour me raconter des histoires.

– Parfait, dit le Fantôme, qui aimait qu'on lui raconte des histoires.

Le Fantôme s'installa sur le chambranle et ils comparèrent leurs boutons en attendant l'arrivée de tante Amanda.

– Alors Bertie, dit tante Amanda, qu'est-ce que tu veux comme histoire ?

– Celle de Malbrough, répondit joyeusement Bertie.

Le Fantôme soupira, émit une petite lueur de regret, et prit une autre grappe des raisins de tante Amanda.

Ce n'était pas que l'histoire de Malbrough ne lui plaisait pas, mais il l'avait *déjà* entendue.

VI
Le train fantôme

Un jour, quand tous furent guéris de leur rougeole, M. Boggin dit : « Tout le monde sur le pont ! On prend la Coccinelle et on va passer la journée à la mer. »

– Papa, maman, Bertie, Max et moi, dit joyeusement Elsie.

– Et le Fantôme, dit Bertie.

– Pas de fantôme, Bertie, dit Mme Boggin, catégorique. Nous en avons déjà parlé de ces histoires de fantômes, non ? Tu n'embêtes pas ton père avec.

– Je sais bien qu'on en a déjà parlé, dit Bertie. Mais le Fantôme est mon ami. Il faut absolument qu'il vienne, sinon je n'aurai personne avec qui jouer.

– Max et Elsie sont tes amis, dit Mme Boggin sans trop y croire.

– Ça non, dit Max.

– C'est une petite nouille, dit Elsie.

– Les enfants ! dit Mme Boggin.

– Ça suffit, dit M. Boggin d'un ton ferme. Nous allons tous passer une belle journée au bord de la mer et bien nous amuser, et Max et Elsie ne vont pas taquiner Bertie, et Bertie ne va pas commencer à nous raconter ses stupides histoires de fantôme, n'est-ce pas, Bertie ?

À peine M. Boggin eut-il fini sa phrase qu'il sentit que quelqu'un lui chatouillait la nuque. Enfin, il aurait juré que quelqu'un lui avait chatouillé la nuque, mais lorsqu'il se retourna pour savoir qui, il n'y avait personne.

– Qui est-ce qui… ? dit-il.

– Qui est-ce qui quoi, papa ? dit Max.

M. Boggin le regarda d'un drôle d'œil. Mais ce ne pouvait pas être Max le coupable, parce que Max était juste devant lui. Tout comme Elsie et Bertie. Quant à Mme Boggin, ce n'était pas vraiment son genre de faire des chatouilles.

– Je, euh… Oui, dit M. Boggin avec humeur. (Et il se mit à parler à voix bien haute, juste pour se prouver à lui-même qu'il n'était pas de ces personnes qui s'imaginent que quelqu'un leur chatouille la nuque.) Je veux que ce soit parfaitement clair dès le départ. Ce voyage se fera *sans fantôme,* c'est compris, Bertie ?

– Sauf moi, dit le Fantôme. Mais personne ne l'entendit excepté Bertie, et Bertie jugea bon de ne rien dire.

Et la Coccinelle prit la direction de la mer, avec ses passagers au complet, les Boggin et le Fantôme.

Arrivés à la mer, ils descendirent sur la plage et déballèrent leurs affaires : les maillots de bain, la couverture, la table pliante, le tricot de Mme Boggin, la batte de cricket de Max, les paniers du déjeuner, la limonade, le transat, le livre de M. Boggin et le seau à charbon.

– Qui a apporté ce seau à charbon ? demanda M. Boggin, en brossant son tee-shirt pour en enlever la poussière noire.

– La même personne qui a apporté la pelle à charbon, dit Max en faisant des moulinets avec la pelle et manquant de justesse l'oreille d'Elsie.

– Arrête, Max, dit Mme Boggin.

– Qui a apporté le matériel du hangar à charbon ? demanda M. Boggin.

Tous regardèrent Bertie.

– Ce n'est pas moi, dit Bertie, qui savait parfaitement qui c'était, mais n'avait pas le droit de prononcer le mot Fantôme.

– Je crois que je sais qui a fait ça, dit M. Boggin d'un ton menaçant, mais comme il ne voulait pas gâcher cette sortie, il s'allongea sur le transat, et donna quelques indications à Mme Boggin pour qu'elle prépare le pique-nique pendant qu'il lirait son livre.

– Je t'aurais prêté ma pelle et mon seau, tu sais, Fantôme, dit Bertie tandis qu'ils partaient patauger.

– Je suis un fantôme de nature indépendante, dit le Fantôme qui avait dans l'idée de construire un très, très grand château, et considérait que la petite pelle en plastique de Bertie ne pouvait lui être bien utile.

Ils s'arrêtèrent pour regarder la mer.

– Elle a l'air très froide, dit Bertie. Je crois que je ne vais pas aller me baigner tout de suite.

– Sage décision, Bertie, dit le Fantôme. Moi-même je préfère rester au sec. A cause des méduses.

– Pourquoi à cause des méduses ?

– Les méduses ressemblent aux fantômes. Elles aussi se déplacent en flottant, on peut voir à travers elles, et on ne les entend pas venir. Alors certaines méduses prennent les fantômes pour des méduses, et dès qu'elles voient un fantôme qui se baigne, elles veulent faire connaissance. Or les fantômes n'aiment pas serrer la main des méduses.

– Les méduses n'ont pas de mains, dit Bertie.

– Justement, ce qu'on serre, c'est bien pire qu'une main, dit le Fantôme.

Puis ils se mirent à leurs châteaux.

– Quel grand château, Bertie ! s'exclama Mme Boggin, stupéfaite, lorsqu'elle vint les appeler pour le pique-nique.

– Il est nul son château, dit Max.

– Il est deux fois plus grand que le tien ! dit Elsie.

Alors Max jeta du sable à Elsie, et Elsie lui donna un coup de crabe mort.

– C'est mon château qui était le plus beau, hein, maman ? dit gaiement Bertie tandis que Mme Boggin leur faisait remonter la plage.

– *Notre* château, dit le Fantôme.

– C'est moi qui ai construit le plus beau château, et moi je ne me suis pas bagarré, annonça Bertie à son père. Max a fait un château complètement nul, et Elsie l'a tapé avec son crabe mort.

M. Boggin s'assit, ensommeillé, et il mit son coude en plein dans la crème glacée.

– Qui a posé ça là ? demanda-t-il.

– C'est moi, dit Mme Boggin, qui semblait un peu en colère, notamment contre les maris qui restaient à lire des livres sur des transats pendant qu'elle préparait des pique-niques et arbitrait des matches entre des jeteurs de sable et des lanceuses de crabes morts.

Ce fut un très bon pique-nique. Mme Boggin était très douée pour les pique-niques. Il y avait des sandwiches au jambon, des petits pois, des mange-tout, des pommes, des oranges, des biscuits au chocolat et des petites saucisses – Max venait juste de compter les siennes quand trois d'entre elles disparurent – des gaufrettes au chocolat, des tomates, de la salade et du pain croustillant.

– Et maintenant, dit M. Boggin, pendant que toi, Edna, tu ranges tout dans la voiture, moi j'emmène les enfants à la foire.

– Ah non! fit Mme Boggin. Moi j'emmène les enfants à la foire, et c'est toi qui ranges!

Et ils partirent.

Il y avait beaucoup de manèges dans cette foire.

Ils allèrent sur le toboggan, dans les autos tamponneuses, les petits bateaux, sur les chevaux de bois, et Max fut malade.

Alors, Elsie et Bertie montèrent dans le petit train, et allèrent au Mur de la Mort, au Palais des Glaces, au Château Fou, à la Piscine-Surprise, et Elsie tomba à l'eau.

– Je veux rentrer à la maison, gémit Elsie

– J'ai mal au cœur, dit Max.

– Bertie ! dit Mme Boggin en le cherchant des yeux.

– Moi je ne veux pas rentrer à la maison, dit Bertie qui avait deviné la suite. Je ne suis pas malade, je ne suis pas mouillé, et je m'amuse.

Mme Boggin le regarda. Il avait de la barbe-à-papa jusqu'aux oreilles. Il avait déchiré le genou de son pantalon sur le toboggan, et gagné un pistolet en plastique au jeu des anneaux. Et il avait l'air si heureux que Mme Boggin n'eut pas envie de le décevoir.

– Rentrons à la maison, maman, gémit Elsie.

– Un dernier tour, Bertie, dit Mme Boggin. Allez, va vite. Pendant ce temps je vais sécher Elsie aux toilettes. Max reste pour te surveiller, n'est-ce pas, Max ?

Et elle partit.

– Alors, où est-ce que tu veux aller, sale petite nouille ? dit Max, dont le visage avait pris une couleur verte.

– Je sais ! dit Bertie. Je sais ! Je sais !

Et l'instant d'après, il était parti.

– Max, dit Mme Boggin de retour des toilettes. Max ! Où est Bertie ?

Max renifla.

– Dans le train fantôme, dit-il.

– Oh là là, dit Mme Boggin. Mon Dieu, mais il va mourir de peur !

– Je sais, dit Max, qui l'espérait bien.

– Tu es un monstre, Max, dit Mme Boggin.

Et elle vola au secours de son petit garçon, entraînant derrière elle Elsie qui pleurnichait.

Mais elle arriva trop tard.

Bertie était déjà dans le train, et roulait dans l'obscurité, au milieu de cris, de gémissements, de grondements, de mugissements, et de squelettes qui hurlaient, de sorcières qui remuaient le contenu de leur chaudron, de cercueils qui s'ouvraient, de choses gluantes et de toiles d'araignée, qui effleuraient son visage, de monstres qui essayaient de le saisir et de courants d'air tantôt chauds, tantôt glacés et brusquement... il retrouva la lumière du jour.

– Bertie, mon tout petit ! s'écria Mme Boggin en courant vers lui.

– Oh, maman ! C'était génial, maman ! dit Bertie en sautant hors de sa voiture. Oooh, maman. C'était horrible !

– Horrible ? dit Mme Boggin.

– C'était génial-horrible ! dit joyeusement Bertie.

– Ah, dit Mme Boggin. Mais tu n'as pas... Tu n'as pas eu peur des fantômes ?

– Peur des fantômes ? dit Bertie. Mais je n'ai pas peur des fantômes.

C'est alors qu'il se souvint et qu'il fit demi-tour.

Le Fantôme était toujours assis dans la voiture du train fantôme, l'air très pâle et effrayé, et il gardait les yeux obstinément fermés.

– Fantôme ? dit doucement Bertie. Fantôme ? Tout va bien maintenant, Fantôme. Le tour est terminé. Tu peux ouvrir les yeux.

Le Fantôme ouvrit prudemment un œil, et regarda autour de lui pour voir s'il n'y avait pas de monstres, de squelettes, de sorcières ou d'horribles choses gluantes. La seule chose horrible qu'il vit était Max qui venait d'être malade, et en avait gardé une tête monstrueusement verdâtre, et le Fantôme ouvrit donc l'autre œil, se secoua et descendit en tremblant de la voiture.

– Ils n'étaient pas vrais, Fantôme, dit Bertie préoccupé par l'état de son ami. Pas vraiment vrais. Il t'a plu le gros serpent ? Il était vraiment horrible, tu ne trouves pas ?

– Ça m'a beaucoup plu. Tout, Bertie, dit le Fantôme d'une petite voix.

– Et l'araignée géante ! Toute verte et gluante, comme l'autre jour dans Bioman et qui faisait Grrr...

Le Fantôme frémit.

– En fait je n'ai pas *vu* l'araignée géante, Bertie, dit-il enfin.

– Ah bon ? dit Bertie. Moi si. Et aussi les monstres. C'est ce que je préfère, les monstres. Ils étaient tout noirs, avec l'air très méchant, et...

Mais le Fantôme s'était éloigné en traînant les pieds.

– Allez viens, Bertie, dit Mme Boggin. Tu pourras raconter tout ça à papa quand nous serons dans la voiture.

Et c'est ce que fit Bertie, pendant

presque tout le trajet, tandis que le Fantôme, assis silencieux à l'arrière, mâchonnait la dernière des saucisses qu'il avait volées à Max, et essayait d'oublier ses frayeurs.

– Bertie, lui dit Mme Boggin en le mettant au lit, après avoir enlevé tout le sable, la glace et la barbe à papa qu'il avait sur lui. Bertie, est-ce que ça t'a *vraiment* plus, ce train fantôme ?

– Oh oui, maman.

– Tu sais, Bertie, dit avec tact Mme Boggin, moi je n'aimais pas les trains fantômes quand j'étais petite. Cela me faisait très peur. Et tu sais ce que je faisais ?

– Non, maman, dit Bertie qui commençait à trouver cette conversation inintéressante, et avait envie de dormir.

– Eh bien, je vais te le dire, Bertie. Je fermais très fort les yeux quand j'étais dedans, et quand le tour était fini, je faisais comme si j'avais été très courageuse, comme si j'avais vu tous les horribles monstres et les fantômes et que cela ne m'avait rien fait du tout.

– Pourquoi ?

– Je ne voulais pas que les gens sachent que j'avais eu peur des monstres, des fantômes et des choses comme ça, tu vois ? dit Mme Boggin, engageante. Mais en vrai, j'avais eu peur.

– Pas moi.

– Vraiment ? Même pas un tout petit peu, Bertie ?

– Bien sûr que non, maman, dit Bertie avec dédain

– Je sais bien que tu n'as pas peur de *ton* fantôme, Bertie, dit Mme Boggin, mais j'ai pensé que tu avais pu, peut-être, avoir un peu peur de ceux du train ?

– Mais ce ne sont *pas* des vrais, maman. Tu ne savais pas ?

– Si, si, je le savais bien, Bertie, dit Mme Boggin.

– Ils ne sont *vraiment* pas vrais, dit Bertie. Il ne faut pas en avoir peur. La prochaine fois (et il sembla tout heureux à la pensée qu'il y aurait une prochaine fois), la prochaine fois que nous irons à la mer, je t'emmènerai avec moi dans le train fantôme, et comme ça tu n'auras plus peur, plus jamais.

– Merci, Bertie, dit Mme Boggin.

Et elle éteignit la lumière et redescendit.

VII
La peinture fantôme

– Je suis en vacances, dit gaiement M. Boggin. Deux semaines entières à ne rien faire.

– C'est ce que tu crois, Jack, dit Mme Boggin.

Et elle lui donna la liste des choses qu'il y avait à faire.

M. Boggin n'eut pas l'air content. Il se retira derrière son *Belfast Telegraph,* et marmonna quelques paroles au sujet des vacances-qui-n'arrivaient-qu'une-fois-par-an.

– Et il y en a *ici*, dit Mme Boggin d'une voix sombre, qui ne sont jamais en vacances !

Sur cette réplique cinglante, elle se retira à la cuisine, pour manger des chocolats, tandis que Max et Elsie faisaient la vaisselle, non sans protestations.

– Ne te marie jamais, Bertie, dit M. Boggin en posant son journal.

– Pourquoi ? dit Bertie.

M. Boggin réfléchit un instant.

– Écoute, Bertie, dit-il, marie-toi si tu veux.

– Je vais attendre d'être grand, dit Bertie.

– Sage décision, dit M. Boggin.

Et il retourna à son journal.

Le lendemain matin, comme Bertie

était assis dans le hangar à charbon, en train de parler avec le Fantôme, ils entendirent un drôle de bruit dans la cour.

SLURP. SLURP.

Cela commença doucement, et puis de plus en plus vite.

SLURP. SLURP, SLURP, SLURP, SLURP.

SLURPSLURPSLURPSLURPSLURP.

S-L-U-R-P.

Bertie ouvrit la porte du hangar à charbon et regarda dehors. M. Boggin était dans la cour, penché au-dessus d'un plein seau de peinture blanche, qu'il tournait avec un bâton. SLURP, SLURP, faisait la peinture, comme M. Boggin la remuait.

– On va peindre la cour, nous, dit Max d'un ton fier.

Il était à côté de M. Boggin.

Il avait mis des habits pour faire de la peinture, et il tenait un pinceau à la main.

– Moi aussi, je vais faire de la peinture, dit Elsie. Moi, Max et papa. Personne d'autre. Et ça veut dire *pas* toi, Bertie.

– Bertie, tu ferais mieux de ne pas traîner par ici, et de rentrer à la maison, se hâta de dire M. Boggin, qui voyait au visage de Bertie que les problèmes n'étaient pas loin.

– C'est sans doute ce qu'ils appellent une conversation civilisée, dit le Fantôme, en s'empressant de décrocher du mur le portrait de Florence Nightingale, de peur que quelqu'un ne la recouvre, par erreur, d'une couche de peinture. Pauvre Fantôme, venu ici en quête de paix et de tranquillité, surtout un lundi matin !

– Pourquoi surtout un *lundi* matin ? demanda Bertie.

– Parce que nous sommes lundi aujourd'hui, dit le Fantôme, en mettant Florence Nightingale sous son bras, et en enlevant sa bouilloire et sa boîte de thé de leur étagère. Et je sens que ça va encore être un de ces *horribles* lundis matin.

Et là-dessus, le Fantôme disparut, emportant avec lui Florence, la boîte de thé et le reste, et ne laissant qu'une petite lueur comme trace de sa présence.

– Reviens, Fantôme, gémit Bertie.

– Rentre à la maison, Bertie, dit M. Boggin, qui de toute façon n'avait pas envie de repeindre la cour, et n'était pas disposé à perdre son temps avec des petits garçons.

Bertie rentra à la maison.

– Je veux faire de la peinture, dit-il à sa mère.

– Eh bien ce n'est pas possible, dit-elle d'un ton ferme. Puis elle voulut lui dire quelque chose pour le consoler.

– Pourquoi, pourquoi tu ne vas pas jouer avec ton fantôme ? dit-elle, fière de cette trouvaille.

– Parce qu'il est parti, dit Bertie avec désespoir.

– Parti ? dit Mme Boggin.

– Parce que papa allait peindre Florence Nightingale.

– Je vois, dit Mme Boggin, qui ne voyait pas du tout.

– Alors je n'ai personne avec qui jouer, et je veux faire de la peinture.

– Il n'y a que trois pinceaux, Bertie, dit patiemment Mme Boggin. Tu risquerais de te mettre de la peinture partout. Regarde Elsie, Max et ton père. Ils se sont habillés spécialement. Et si tu les regardais peindre par la fenêtre, ce serait amusant, non ?

– Non, dit Bertie.

Et il alla s'asseoir dans la cachette de Bat-Max, sous l'escalier.

Bertie voulait faire de la peinture.

Il aurait pu mettre des habits comme ceux de Max et Elsie.

Il aurait pu mettre son tricot de déguisement, les gants de gardien de but de Max et la vieille casquette de golf de son père. Et puis il se souvint de la boîte de peinture que sa tante Amanda Boggin lui avait envoyée de Ballynahinch, comme cadeau de fin de rougeole. Dans cette boîte, il y avait un pinceau.

C'était un petit pinceau, il était obligé de le reconnaître. Mais c'était un pinceau tout de même. Un petit pinceau pour une petite peinture, et comme Bertie n'était pas très grand pour un élève de CP, et que ses bras n'allaient pas très loin, il ne peindrait de toute façon qu'une petite surface. Après avoir mis ses habits de peintre, Bertie descendit, son pinceau à la main, prêt à se mettre à la peinture.

– Ton pinceau est trop petit et toi aussi, dit Mme Boggin. Pas de peinture.

Bertie n'était pas content du tout. Il remonta pour aller cogner le Bioman de Max, mais en chemin, il entendit un grommellement de fantôme qui lui était assez familier en provenance de la salle de bains.

– Scrogneugneu, grognait le Fantôme, Scrogneugneu ! SCROGNEUGNEU !

Bertie passa la tête par la porte de la salle de bains, en cherchant une phrase gentille à dire au Fantôme, parce qu'il ne voulait pas qu'il redisparaisse.

Florence Nightingale était accrochée au porte-serviettes.

Le Fantôme était debout dans la baignoire, et se frottait vigoureusement.

– Oh, Fantôme ! s'exclama Bertie, alarmé. Mais tu es… *Mais tu es devenu tout blanc !* Tu es malade ? Si tu es malade, je peux faire le docteur. Je sais très bien faire le docteur. Le docteur Gibson a dit que j'étais un très bon docteur quand j'ai écouté son cœur. Je me suis servi de son stéthoscope. Il a dit que j'étais un bon docteur parce...

– Ce n'est pas la peine, Bertie, coupa le Fantôme. Ce n'est pas la peine, parce que je ne suis pas devenu blanc. Les fantômes sont toujours *un petit peu* blancs, semi-transparents, si tu préfères. Mais si je suis plus blanc que d'habitude, c'est parce que l'on m'a *peint* en blanc.

– Oh, dit Bertie.

– J'étais devant le mur, juste sous mon avertissement, quand ton frère Max m'a recouvert de peinture, sans prévenir. Il a tout juste laissé le temps à mon pauvre cerveau de fantôme de songer à sauver Florence.

– Max n'a pas fait exprès de te peindre, dit Bertie. Il ne pouvait pas te voir, ni voir Florence, non ?

– Je le savais, que ça allait être un de ces lundis matin, dit le Fantôme en recommençant à se frotter. Mes pauvres os me l'ont dit dès que je me suis levé.

– Tu n'as pas d'os, fit remarquer Bertie.

Mais le Fantôme ne trouva pas cela drôle. D'ailleurs, plus il frottait, et plus son humeur empirait.

– Peindre les gens. Flanquer des coups de pinceau. Sur moi. Sur mon avertissement. Cela te plairait, à toi, que l'on te peigne ta bouilloire et ta boîte de thé en blanc ? De nos jours, les jeunes n'ont plus aucun respect.

Bertie s'éloigna. Ce n'était pas sa faute, si Max avait pris le Fantôme pour un morceau de mur, et l'avait couvert de peinture.

Ce n'était vraiment la faute de personne, parce que Max ne pouvait pas voir le Fantôme. Max ne pouvait pas voir le Fantôme parce qu'il ne croyait pas aux fantômes.

«Il va falloir que je trouve une idée très, très spéciale, pour consoler le Fantôme», songea Bertie, car il craignait toujours que le Fantôme ne disparaisse pour de bon, emportant Florence Nightingale avec lui.

Il se mit à réfléchir très fort. Très, très fort.

Juste avant le dîner, les Boggin sortirent dans la cour, pour voir quel effet faisait la nouvelle peinture blanche.

– Magnifique, dit Mme Boggin, d'une voix admirative (bien qu'elle trouvât, personnellement, qu'il y avait un endroit, sur le mur du hangar à charbon, qui manquait un peu de peinture, un endroit en forme de fantôme). Félicitations, Jack, Max et Elsie.

– Et Bertie, dit Elsie.

Il était assis à l'entrée du hangar à charbon, dans ses habits spéciaux de peintre, et passait son pinceau sur la porte.

– Je suis en train de peindre la porte du hangar à charbon, expliqua-t-il fièrement.

– Il n'y a que de l'eau sur son pinceau !

s'exclama Elsie. Il ne fait pas du tout de la vraie peinture.

– Chchchchut, coupa Mme Boggin. Ça va bientôt être l'heure de dîner. Max et Elsie, vous voulez bien mettre la table.

Et elle fit entrer tous les enfants à l'intérieur, sauf Bertie.

Le Fantôme arriva, en se glissant par le tuyau d'écoulement, ses possessions sous le bras. Il avait tout regardé de la fenêtre de la salle de bains, préférant ne pas se montrer, de peur que quelqu'un ne décide de lui donner une deuxième couche.

– J'ai peint ta porte en rouge et jaune, dit fièrement Bertie. Je l'ai *très, très bien* peinte. Je l'ai peinte en rouge et jaune pour que tu sois de bonne humeur. C'est peint avec de la peinture fantôme, alors eux, ils ne peuvent pas la voir, mais *toi* tu peux, n'est-ce pas ?

– Bien sûr, dit le Fantôme, qui sortait un marteau et des clous pour accrocher son tableau.

Puis il emprunta le pinceau de Bertie, et réécrivit son avertissement, à la poussière de charbon.

– Voilà, dit-il en reculant d'un pas. Et il lut à voix haute :

– « ATTENTION ». Ça, ce sont les grandes lettres en haut, Bertie. « Prenez garde au Fantôme », c'est la ligne au-dessous. « (signé) », ça veut dire que j'ai signé. « Le Fantôme ». C'est moi, bien sûr.

Ils restèrent tous les deux un moment à regarder l'avertissement et la porte rouge et jaune, et à admirer leur travail. Personne d'autre ne pouvait l'admirer, parce que personne d'autre ne pouvait le voir.

– Comme c'est dommage, que personne d'autre ne puisse le voir ! dit Bertie.

– Eh ! cria Max d'une voix furieuse. Qui a dégonflé les pneus de mon vélo ?

– C'est pas moi, dit Bertie.

Le Fantôme sourit, mais ne dit rien. Il avait été entièrement barbouillé de peinture blanche, cela méritait bien une petite revanche.

VIII
Le Fantôme et l'anniversaire de Bertie

C'était l'anniversaire de Bertie.

Il reçut un nouveau pyjama, avec un dessin de Batman, un livre sur Florence Nightingale, un jeu de construction, un train, etc.

– Une guitare ! s'exclama Max. Super ! Tu as une vraie guitare, Bertie. Tiens, passe-la moi !

– Max ! coupa Mme Boggin.

– C'est ma guitare, dit Bertie en la tenant serrée.

– Moi, je préfère les pianos, dit Elsie, parce qu'elle venait juste de commencer des leçons avec Nan Browne, rue Lisburn.

Le Fantôme jeta un œil à la guitare, et descendit du gâteau d'anniversaire, sur lequel il venait de compter soigneusement les bougies. Il fallait qu'il compte soigneusement les bougies, car il s'était lui-même nommé ASSISTANT-AU-SOUFFLAGE-DES-BOUGIES officiel des anniversaires chez les Boggin, et c'était un poste très délicat. Le Fantôme n'aurait surtout pas voulu souffler une bougie de trop. Mais à la vue de la guitare, il se dirigea vers la porte.

– Fantôme ! dit Bertie. Qu'est-ce qu'il y a, Fantôme ?

Mais le Fantôme ne s'arrêta pas.

– Est-ce que c'était ton fantôme, Bertie ? demanda Mme Boggin, parce qu'il lui semblait avoir aperçu *quelque chose* de brillant, bien qu'elle ne pût en être sûre.

– Oui, dit Bertie, et il ajouta théâtralement : Mais bien sûr, aucun de vous ne peut le voir, n'est-ce pas ?

– Il n'y a pas de fantôme, dit Max.

Et Bertie ne discuta pas parce qu'à cet instant on sonna à la porte.

C'était le facteur, avec un très grand colis plat, adressé à :

Monsieur Bertie Boggin

12, rue Livermore

Belfast, Irlande du Nord

Dans un coin, il était écrit en petites lettres :

Expéditeur :
Miss Amanda Boggin
Boneybefore
Allée Tenpenny
Ballynahinch
Co. Down, Irlande du Nord

– C'est un cadeau de la tante Amanda de Ballynahinch pour Bertie, dit Mme Boggin.

Et elle tendit le paquet à Bertie. Ce paquet était beaucoup plus grand que lui.

Bertie arracha le papier, en se demandant ce que cela pouvait bien être. Des planches de contreplaqué, des ficelles, un grand morceau de plastique...

– C'est un cerf-volant, dit Mme Boggin.

– Pourquoi est-ce qu'elle lui envoie un cerf-volant ? dit M. Boggin.

Il est bien trop petit pour jouer au cerf-volant.

– Non, je ne suis pas trop petit, dit Bertie.

– Moi je le ferai voler, et Bertie pourra regarder, dit Max, très satisfait de pouvoir se montrer serviable tout en se faisant plaisir.

– *Max !* s'exclama M. Boggin.

– Nous irons au Parc Ormeau cet après-midi, et tout le monde pourra essayer le cerf-volant de Bertie, dit M. Boggin.

– Et moi ? dit Bertie qui tenait le cerf-volant derrière son dos pour que Max ne puisse pas le prendre.

– Bien entendu, Bertie, dit Mme Boggin. C'est ton cerf-volant d'anniversaire, non ?

– Oui, c'est vrai, dit Bertie.

Bertie alla au hangar à charbon pour dire au Fantôme qu'il avait eu un cerf-volant.

Mais apparemment, le Fantôme n'était pas là, et le visage de Florence Nightingale était tourné contre le mur.

Le Fantôme n'était pas non plus dans le tuyau d'écoulement, bien qu'il s'y cachât parfois, dans les cas d'urgence.

– Fantôme ? appela Bertie couché sur le dos, et regardant dans le conduit pour s'assurer que le Fantôme n'y était pas.

La poubelle fit un très léger écart.

– Fantôme ? dit Bertie en se remettant debout. Est-ce que tu es dans la poubelle ?

– Non, dit la poubelle, d'une voix qui ressemblait beaucoup à celle d'un fantôme.

Bertie souleva le couvercle.

Le Fantôme était recroquevillé à l'intérieur, les doigts dans les oreilles.

– Fantôme ? dit Bertie.

– Va-t'en, dit le Fantôme. Les fantômes n'aiment pas les guitares. Les fantômes ont suffisamment souffert des guitares dans des discothèques appelées Caves hantées. Il arrive parfois qu'avec le bruit des guitares les fantômes ne puissent même plus entendre le cliquetis de leurs chaînes. Va-t'en.

– Tu peux sortir. Je ne viens pas jouer

de la guitare. Je veux juste te montrer mon cerf-volant, dit Bertie.

Le Fantôme risqua un œil par-dessus la poubelle.

– Tante Amanda m'a envoyé un cerf-volant, dit Bertie, en exhibant son cerf-volant. Cet après-midi, nous allons tous au Parc Ormeau pour le faire voler.

– Vraiment, dit le Fantôme, qui était quand même préoccupé par ces guitares, qui le poursuivaient partout.

– Je le ferai voler, haut, très haut, très très haut, dit Bertie. Je parie que je le ferai voler plus haut que presque tout le monde.

– Tu veux me faire croire ça. Tu crois que je suis né de la dernière pluie ? dit le Fantôme avec dédain. Tu sais bien que c'est Max qui le fera voler tout le temps.

Il va dire que tu es trop petit, et tu n'auras jamais ton tour.

– Mais c'est *pas juste,* dit Bertie. C'est… c'est vraiment… pas juste, balbutia-t-il.

Et il se tut. Bertie voulait faire voler son cerf-volant *lui-même.* Ce ne serait pas juste, si c'était Max qui le faisait voler à sa place.

Bertie avait l'air si triste que le Fantôme regretta ses paroles.

– Tu sais quoi, Bertie ? s'empressa-t-il d'ajouter. Je viendrai avec vous au parc. Et moi, je m'arrangerai pour que tu aies ton tour.

– Merci, dit Bertie.

Mais il n'était pas convaincu.

– Est-ce qu'il faut vraiment emmener

le petit Bertie avec nous pour faire du cerf-volant ? dit Max, tandis qu'ils se préparaient à partir au parc. J'y arriverai bien mieux tout seul. Bertie est beaucoup trop petit.

– Tous les Boggin viennent, dit M. Boggin d'un ton ferme. C'est le cerf-volant de Bertie, n'oublie pas. Il faut que Bertie soit là. Et si ça ne te plaît pas, Max, *toi* tu peux rester à la maison.

Mais cela ne disait pas s'il laisserait Bertie faire voler le cerf-volant.

Ils partirent au Parc Ormeau.

Et le Fantôme vint avec eux.

Il avait mis sa plus belle veste, ses plus belles bottes et un tout nouveau passe-montagne qu'il s'était tricoté lui-même, entre deux rendez-vous d'affaires à l'Auberge du Spectre. Au commencement, le passe-montagne était blanc, mais il avait fini par devenir noir, parce que la laine était pleine de poussière de charbon. Le Fantôme avait décidé de le mettre en l'honneur de Bertie pour son anniversaire, et aussi parce qu'il y avait beaucoup de vent, ce jour-là.

– C'est moi qui vais faire voler le cerf-volant d'abord, dit M. Boggin, juste pour vous montrer comment il faut faire.

– Ensuite ce sera mon tour, dit Max. Bertie est trop petit pour tenir la ficelle. Il la laisserait partir. Il vaut mieux que ce soit moi, non ?

A peine avait-il dit ces mots, que *quelque chose* lui souffla de l'air glacé dans le cou.

– Aïe… dit Max. Qu'est-ce que c'était que ça ?

– C'était moi, dit le Fantôme.

Mais personne ne l'entendit sauf Bertie.

Le cerf-volant s'éleva dans l'air, et M. Boggin se mit à courir à travers le parc.

C'était un temps idéal pour les cerfs-volants. Il y avait beaucoup de vent, et le Fantôme alla s'abriter derrière un arbre pour lire le livre d'anniversaire de Bertie sur Florence Nightingale, que Bertie lui avait très gentiment prêté.

Le cerf-volant poursuivait sa course.

– Quand est-ce que ce sera ton tour ? demanda le Fantôme, quand il en eut assez de lire.

– J'ai l'impression que je ne l'aurai pas

du tout, dit Bertie. Max dit que je suis trop petit. Et c'est peut-être vrai, ajouta-t-il tristement. Le vent entraîne vraiment le cerf-volant très loin, tu ne crois pas ?

– Ton cerf-volant ne t'échappera pas, dit le Fantôme. S'ils te le laissent, je t'aiderai à le tenir.

– Merci, dit Bertie.

– Papa, dit Max. Est-ce que l'un de nous peut l'avoir ?

– Dans une minute, Max, dit M. Boggin et il s'éloigna de nouveau en courant.

– *Papa*, dit Max.

M. Boggin eut l'air contrarié.

– Tu as *promis* que nous pourrions le faire aussi, papa, dit Max.

M. Boggin n'aimait pas être interrompu en plein pilotage de cerf-volant, et il décida sur-le-champ que Max devrait attendre.

– C'est le cerf-volant de Bertie, annonça M. Boggin, c'est à Bertie de le faire voler.

– On rentre à la maison, dites ? dit Elsie qui n'aimait pas les cerfs-volants.

– Bertie est trop petit, dit Max.

– De toute façon, qui a envie de faire voler ce stupide cerf-volant? dit Elsie dont le grand nez commençait à souffrir du froid.

– Tiens, Bertie, dit M. Boggin. Je vais te laisser tenir la ficelle, mais juste un petit moment.

Bertie regarda le cerf-volant, très haut au-dessus de sa tête. Il tourbillonnait et plongeait dans le vent.

Il y avait beaucoup de vent.

– Je t'aiderai à le tenir, Bertie, dit gentiment le Fantôme. Nous le tiendrons à deux.

Bertie prit la ficelle du cerf-volant, et M. Boggin la lâcha.

– Ooh! A l'aide! cria Bertie.

Le vent soufflait et le cerf-volant l'entraînait en avant, et soudain...

...le pauvre Bertie...

...s'emmêla les pieds...

...trébucha...

...s'étala de tout son long...

...et laissa partir le cerf-volant!

Le cerf-volant s'envola très loin, avec le Fantôme toujours accroché à la ficelle, son passe-montagne laissant derrière lui une nuée de poussière de charbon.

– Ha! Ha! Ha! s'esclaffa Max. Je vous l'avais dit que Bertie était bien trop petit.

M. Boggin essuya machinalement le nez de Bertie, et lui dit de ne pas s'en faire. Puis il dit quelques mots fermes à Max, sur la nécessité, très controversée, d'être gentil avec ses petits frères, et tous rentrèrent à la maison.

Sans cerf-volant.

De retour rue Livermore, Bertie dit à Mme Boggin: «Mon cerf-volant s'est envolé.»

– Et il a perdu son livre sur Florence Nightingale, dit méchamment Elsie. Il l'avait avec lui en partant, et il ne l'avait plus en revenant.

– Pauvre Bertie, dit Mme Boggin.

Bertie alla tristement jusqu'au hangar à charbon

Il était vide.

Le Fantôme volait quelque part, au-dessus de Belfast, et il continuerait à voler jusqu'à ce que le vent tombe. Peut-être qu'il ne reviendrait jamais.

– Il va revenir, dit Bertie en reniflant. Je veux qu'il revienne.

Il s'assit dans le hangar à charbon vide et attendit, mais le Fantôme ne revint pas.

– Bertie ? dit Mme Boggin en passant la tête dans l'entrebâillement de la porte.

Elle voulut le gronder lorsqu'elle le vit assis sur le charbon, mais le pauvre Bertie avait l'air tellement triste qu'elle changea d'avis.

Après tout, c'était son anniversaire, et il avait perdu son cerf-volant.

– M. Bertie est servi! annonca M. Boggin.

Et il leur tendit des chapeaux en papier.

Bertie mit un grand chapeau plat qui lui tombait sur la figure.

Il renversa son jus d'orange sur son pantalon bleu tout neuf. Il n'avait pas envie de petites saucisses au bout de petits bâtonnets. Il trouvait que la glace était trop froide. Et que les petits animaux en gelée n'étaient pas de la bonne couleur.

– Tu n'as qu'a me donner les tiens, Bertie, dit Max.

– Max, dit Mme Boggin d'un ton menaçant.

– Max peut les prendre s'il les veut, dit Bertie.

Son visage s'éclaira un peu quand ce fut le moment de souffler les bougies de son gâteau d'anniversaire. Il prit beaucoup de souffle pour être sûr de toutes les souffler du premier coup, pour que son vœu se réalise.

Cela lui prit beaucoup de temps pour faire son vœu. Il fallait qu'il y pense vraiment très fort, s'il voulait que son cerf-volant et son Fantôme reviennent.

– Joyeux anniversaire, Bertie, chantèrent-ils tous.

Mais ce n'était pas un joyeux anniversaire.

– Je crois que je vais aller me coucher, maintenant, dit Bertie, une demi-heure avant l'heure à laquelle il se couchait d'habitude.

Et il monta l'escalier.

– Oh, le pauvre, dit Mme Boggin.

Mais juste à ce moment, il fallut qu'elle s'occupe de Max qui était malade parce qu'il avait mangé trop de petits animaux en gelée, et il se passa presque une demi-heure avant qu'elle ne monte dans la chambre de Bertie.

– Bertie ? dit-elle en passant la tête à l'intérieur.

Bertie n'était pas là.

Elle alla voir dans la chambre de Max, à la salle de bains, et enfin de l'autre côté, dans sa propre chambre.

Debout à la fenêtre, Bertie regardait dans la rue.

Et dans la rue…

…il y avait…

…un…

…CERF-VOLANT !

C'est ce que vit Mme Boggin, lorsqu'elle regarda par-dessus l'épaule de Bertie.

Le cerf-volant remontait la rue et se dirigeait droit vers la maison de Bertie. Il claquait gentiment au bout de sa ficelle, laquelle juste à cet instant fit une sorte de petit saut, et vint s'attacher sagement à la grille, devant la porte des Boggin.

– Je… Je… bégaya Mme Boggin, toute ahurie.

Elle savait que les cerfs-volants ne volent pas tout seuls.

– Il l'a rapporté, dit Bertie, qui souriait

jusqu'aux oreilles. Le Fantôme a rapporté mon cerf-volant, maman !

Et il se précipita en bas pour aller le chercher, même s'il n'avait pas son pantalon.

Mme Boggin s'assit sur le bord de son lit.

Puis elle se leva.

Puis elle s'assit de nouveau.

– Bon anniversaire, Bertie, dit le Fantôme, qui flottait en direction du hangar à charbon, emportant avec lui le morceau de gâteau que Bertie lui avait gardé.

Bertie monta avec son cerf-volant pour fêter son retour, et Mme Boggin descendit pour s'entretenir sérieusement avec M. Boggin des cerfs-volants qui rentrent tout seuls à la maison.

– Des inepties tout ça, Edna, dit M. Boggin. C'est certainement un voisin qui l'a rapporté.

– Mais je l'ai vu, Jack ! Je l'ai vu qui avançait au milieu de la rue.

– Je crois que tu ferais bien d'aller te reposer un peu, ma chérie, dit M. Boggin.

Et c'est ce qu'elle fit.

IX
LE FANTÔME VA AUX MÛRES

Un matin, lorsque le Fantôme sortit du hangar à charbon pour faire sa gymnastique matinale, il trouva Bertie planté devant le robinet de la cour, l'air important.

– Bonjour, Bertie, dit le Fantôme, qui était toujours poli.

Ayant dit «bonjour», le Fantôme revint à l'idée pour laquelle il était sorti, car il n'aimait pas que sa routine soit perturbée. Les fantômes tiennent à leurs habitudes.

Se tenant droit, le Fantôme inspira profondément et se mit à faire de petits sauts sur place tout en levant et en baissant ses bras de fantôme.

– Hop ! Hop ! Hop ! Hop ! Hop ! Hop !

– C'est mon pot, dit fièrement Bertie en exhibant un grand pot de café vide, avec un morceau de ficelle en guise d'anse.

– Hop ! Hop ! Hop ! Hop ! Hop ! Hop ! Hop !

Le Fantôme était si occupé à faire ses exercices, qu'il n'avait pas le temps de prêter attention à Bertie.

– Max a un pot, et Elsie en a un aussi, dit Bertie. Nous allons tous aux mûres.

Nous allons rapporter plein de mûres très, très bonnes.

– Hop ! Hop ! Hop ! Hop ! Hop ! Hop ! Hop ! Hop ! Hop ! Hop ! Hop ! continuait le Fantôme, indifférent, mais sur le dernier « Hop ! » il s'emmêla les pieds, et son spectral derrière atterrit durement par terre.

– Oh ! Seigneur ! gémit le Fantôme.

Cette série de sauts l'avait rendu plus transparent que d'habitude, et il était complètement essoufflé.

– Est-ce que ça va, Fantôme ? demanda anxieusement Bertie.

– Oh ! Seigneur ! haleta le Fantôme. Vite, de l'eau.

Bertie lui apporta tout de suite de l'eau qu'il prit au robinet de la cour, en se servant pour cela de la bouilloire du Fantôme.

– J'ai peur que ce Fantôme ne soit plus ce qu'il était, dit le Fantôme avec résignation, en s'appuyant sur le tuyau d'écoulement.

– Qu'est-ce que tu étais ? demanda Bertie.

– Ne pose pas de questions impertinentes, dit le Fantôme, l'air fâché. Les Fantômes sont des êtres âgés, et importants. Ils ont droit au respect et à la discrétion, dans leur grand âge.

– Je suis vraiment désolé, dit Bertie.

Le Fantôme se releva.

– Je ne me sens pas vraiment d'attaque pour aller aux mûres ce matin, dit-il l'air pensif. Je crois que je vais retourner dans mon hangar, m'installer confortablement sur le charbon avec le *Fantôme-Soir* d'hier, si ça ne t'ennuie pas.

– Mais si, ça m'ennuie, dit Bertie. Je veux que tu prennes un peu l'air. Je ne vais pas m'amuser, moi, si tu ne viens pas. Tu pourras rester assis à l'arrière de la Coccinelle, et je t'apporterai beaucoup de mûres. Comme ça, tu ne te fatigueras pas trop, non ?

Le Fantôme ne semblait pas convaincu.

– *S'il te plaît,* Fantôme, dit Bertie.

– Merci beaucoup de me le proposer Bertie, dit le Fantôme d'un ton las. Je suis ravi d'accepter une offre aussi gentille.

Il n'avait pas l'air ravi, mais Bertie ne s'en aperçut pas.

Et les Boggin partirent dans leur Coccinelle, au grand complet, avec Tojo et le Fantôme, qui étaient très bons amis à présent.

– Ce chien est fou, dit M. Boggin. Regardez-le, il est tout excité et il n'arrête pas de lécher l'arrière de la voiture. Assis, Tojo !

Tojo s'assit, mais se releva aussitôt car il s'était assis sur le Fantôme, qui commençait déjà à regretter d'avoir accepté la proposition de Bertie.

– Mais qu'est-ce qu'il a, cette fois ? s'impatienta M. Boggin.

– C'est mon fantôme, dit Bertie d'une petite voix, mais M. Boggin ne l'entendit pas.

Elsie si, par contre.

– Le Fantôme de Bertie, pouffa-t-elle. Tojo s'est assis sur le Fantôme de Bertie !

A cet instant, quelqu'un fit basculer le béret d'école d'Elsie devant ses yeux.

– Qui a fait ça ? demanda-t-elle en le remettant en arrière.

– *Les enfants !* dit Mme Boggin d'une voix mal assurée. C'est fini tout de suite, ou bien on arrête la voiture.

Elle avait vu le béret glisser doucement sur les yeux et le nez d'Elsie, comme si quelqu'un qui était derrière l'avait poussé. *Mais je ne crois pas aux fantômes,* se rappela-t-elle.

– Ces buissons sont à moi ! dit Max en bondissant hors de la voiture quand ils arrivèrent dans l'allée Hunter.

– Et ceux-là sont à moi ! dit Elsie en sautant par-dessus le fossé.

Le Fantôme sortit en chancelant de la voiture. Il formulait le vœu de ne plus jamais voyager à l'arrière avec Tojo. Il aimait bien Tojo, mais il n'aimait pas qu'on s'assoie sur lui.

Les mûres du buisson de Max se révélèrent bien grosses, douces et sucrées lorsqu'il y goûta. Celles d'Elsie étaient délicieuses, elles aussi.

– Une pour moi, une pour le pot, dit Elsie, en mettant trois mûres dans sa bouche et une dans le pot.

Elle se disait qu'on n'allait pas lui demander le compte exact de ses mûres, et comme elle aimait manger des mûres .

– Te voilà, Bertie, dit M. Boggin. Tiens, prends-en des miennes. Est-ce que tu veux que je te fasse traverser le fossé pour que tu puisses en cueillir toi aussi ?

Le problème était que les meilleures

mûres étaient toutes très haut sur les buissons. Bertie aurait pu traverser le fossé tout seul, mais il n'aimait pas trop s'approcher des ronces. Et les seules mûres qu'il pouvait attraper sans traverser le fossé étaient toutes petites, dures, rouges ou vertes, et elles n'avaient pas bon goût.

– Je n'aime pas les ronces, dit Bertie.

Il prit une poignée des mûres de M. Boggin, et retourna à la voiture pour en donner au Fantôme.

Mais bien entendu, lorsqu'il arriva à la voiture, il s'aperçut que le Fantôme n'y était plus.

– Fantôme ? appela Bertie, en regardant d'un côté et de l'autre de l'allée.

– J'ai perdu mon fantôme, dit-il à Mme Boggin.

– Oui, mon chéri, dit Mme Boggin qui venait d'accrocher ses collants dans les ronces, et ne faisait pas vraiment attention à lui. C'est très bien.

Ce n'était pas bien du tout. Bertie était inquiet. Il retourna à la voiture, regarda dessous, puis dans le tuyau d'échappement, au cas où. Il regarda derrière les buissons, et c'est en approchant de la grille de la maison de M. Hunter qu'il entendit une voix familière, qui parlait de Florence Nightingale.

– Fantôme ! cria Bertie en escaladant la grille.

Le Fantôme et Tojo étaient assis dans l'herbe haute. Le Fantôme dégustait des mûres spécialement choisies à l'intérieur de son chapeau, posé à côté de lui. Tojo remuait la queue mais restait à bonne distance du Fantôme, qui venait de lui faire un discours au sujet des fantômes que l'on ne voit pas et sur lesquels il ne faut pas s'asseoir.

– Les fantômes sont très doués pour dénicher des mûres, expliqua le Fantôme, assez content de lui. Les fantômes connaissent les meilleurs endroits pour chercher.

– Tu peux m'en montrer ? demanda Bertie.

– Max ! Elsie ! Bertie ! Tojo ! appela M. Boggin. Venez ! C'est l'heure de rentrer.

– Max, ton pot n'est qu'à moitié plein, dit Mme Boggin. Et le tien n'est pas plus rempli, Elsie. Vous avez mangé presque toutes les mûres, espèce de goinfres. Maintenant il ne nous en reste plus à rapporter à la maison, ni pour faire de la gelée.

– Si, si, dit Bertie.

Le pot de Bertie était plein, et Bertie aussi. Les mûres de Bertie étaient plus grosses, plus juteuses et plus mûres que toutes les autres, parce qu'elles venaient de l'Endroit spécial du Fantôme, dans le parc de M. Hunter.

– Bravo, Bertie, s'exclama Mme Boggin. Tu es le meilleur cueilleur de mûres de la maison.

– Pas tout à fait le meilleur, murmura le Fantôme.

Mais comme personne ne pouvait l'entendre, sauf Bertie, et que Bertie n'écoutait pas, cela n'avait pas beaucoup d'importance.

X

UN « HALLOWE'EN » DE FANTÔME

Bertie était très excité.

– C'est Hallowe'en ! C'est Hallowe'en ! chantonnait-il tout seul en courant vers le hangar à charbon, si vite qu'il faillit buter dans Tojo, qui était en train de garder la maison de son ami le Fantôme.

– Salut, Fantôme, dit Bertie en passant la tête à l'intérieur.

– Humph ! S'lut, dit le Fantôme, par-dessus son épaule.

Sa figure très pâle d'habitude était toute rouge, et il semblait très agité.

Bertie était surpris de voir le Fantôme à pied d'œuvre de si bonne heure. Il s'attendait plutôt à le trouver en pleine méditation, ou en train de parcourir *Fantôme-Soir,* allongé sur le charbon. Mais le Fantôme n'était, ce matin, qu'un nuage transparent qui volait dans le hangar à charbon.

– Qu'est-ce que tu fais, Fantôme ? demanda Bertie.

– Je suis très occupé, Bertie, dit le Fantôme. Ne m'interromps pas, s'il te plaît. J'ai beaucoup à faire.

Et il se mit à marmonner tout en comptant sur ses doigts transparents.

– Les Boggin font une fête spéciale pour Hallowe'en, annonça Bertie. Il y aura des pommes surprises, des allumettes japonaises, des bougies magiques, des lanternes en forme de citrouille et de navet, des noix qu'on mettra dans le feu, une boule de cristal, et de la nourriture de sorcières, plein de nourriture de sorcières.

– Très bien, dit le Fantôme. Très bien, du moins pour ceux qui ont le temps de s'amuser. Cela t'ennuierait de te pousser un peu ? Tu marches sur mon suaire.

– Oh, dit Bertie l'air très déçu. Je croyais que tu serais content. Je pensais que tu voudrais tout savoir sur notre fête. J'avais des tas de choses à te raconter. Tu aimes les fêtes, d'habitude.

– Bertie, dit le Fantôme, interrompant avant qu'il ait commencé le discours de son Meilleur Ami sur les fêtes. Bertie, c'est Hallowe'en.

– Je sais, dit Bertie. C'est le jour de la glace avec de la poudre magique, des chapeaux en papier, des noix, des feux de joie, des citrouilles transformées en lanternes...

– Pas pour les fantômes, Bertie, dit le Fantôme en secouant la tête. Les fantômes sont très occupés, à Hallowe'en. Il ne s'agit pas seulement d'une visite à l'Auberge du Spectre, tu sais. S'il n'y avait que cela, je m'en arrangerais bien. Mais j'ai tellement d'engagements spéciaux pour aller hanter, le soir de Hallowe'en, que je ne sais pas par où commencer. Je serai content quand Hallowe'en sera fini, je peux te le dire ! Je ne bougerai plus de mon trou à charbon pendant une semaine.

– Je vois, dit Bertie qui commencait à comprendre.

– Si seulement il s'agissait d'heures supplémentaires ! dit amèrement le Fantôme.

– Oui, dit Bertie, qui n'était pas bien sûr de savoir ce que c'était que des heures supplémentaires.

Puis il sourit de nouveau :

– Tu vas quand même venir à notre fête de Hallowe'en, non ? Tu sais bien que tu adores les fêtes.

Le Fantôme adorait les fêtes. Aux anniversaires, il aidait à souffler les bougies et à manger le dessert. Et il aimait les mirlitons, les chapeaux en papier et les jeux, sauf si les gens le piétinaient en jouant. Quand il y avait une fête, le Fantôme était souvent surexcité, et après, il fallait qu'il se repose pendant plusieurs jours dans le hangar à charbon, avec pour unique compagnie celle de Florence Nightingale.

– Tu viendras, n'est-ce pas? dit Bertie.

– J'aimerais pouvoir, Bertie, dit le Fantôme. Il n'y a rien qui me ferait plus plaisir. Mais je ne peux pas. Mon agenda de spectre est entièrement garni de rendez-vous. Lorsque je rentrerai, votre fête sera déjà terminée.

– Ce n'est pas juste, dit Bertie.

Et il rentra pour le dire à sa mère.

– Tu sais, Bertie, dit Mme Boggin, Hallowe'en, c'est en quelque sorte le jour des fantômes. Et je ne suis pas du tout surprise que ton fantôme ait tant de travail.

– Mais c'est un si gentil fantôme, et il est mon Meilleur Ami. Je veux qu'il soit à la fête. Il est toujours si content quand il y a une fête. Si mon fantôme ne peut pas venir, je n'aimerai pas du tout cette fête.

Et Bertie prit un air maussade.

– J'ai peur de ne pas pouvoir faire grand-chose, dit Mme Boggin. Mais je vais essayer de trouver. Je te le promets.

Ce fut une belle fête.

Une *très* belle fête.

Il y avait des allumettes japonaises, des bougies magiques, des navets transformés en lanternes, de la glace avec de la poudre magique, une grosse citrouille jaune, des noix qu'on cassait devant le feu, des pommes surprises, une boule de cristal, des petites saucisses au bout d'un petit bâton, des sandwiches au jambon, des yeux en chocolat, et beaucoup, beaucoup de bonnes choses à manger pour Bertie, Max, Elsie et tous leurs amis, même Tojo qui eut droit spécialement à une tranche de gâteau de Hallowe'en dans son assiette, et faillit avaler la pièce de 20 centimes qui était cachée à l'intérieur.

Dans un coin sombre au fond du débarras, il y avait une sorcière avec un manteau noir et un chapeau gris. Cette sorcière distribuait des bonbons, et parlait avec une voix qui ressemblait incroyablement à celle de la tante Amanda.

– Mais ça ne peut pas être tante Amanda, dit Max. Elle est à Ballynahinch.

– Alors c'est une vraie sorcière! dit Bertie.

Bertie s'amusa et mangea des bonnes choses jusqu'à ce que ce soit l'heure de monter se coucher.

Il enfila son pyjama, se mit au lit, et sa maman vint pour éteindre la lumière.

– Est-ce que tu t'es bien amusé, Bertie ? demanda-t-elle avec espoir.

– Oui, dit Bertie. C'était dix mille fois plus que génial. Mais le Fantôme n'a pas pu venir. Et ça, c'était très triste.

– Oui, dit Mme Boggin. Je suis désolée pour le Fantôme, Bertie.

– Il doit être toujours en train de hanter dehors, dit Bertie.

– Eh bien, commença prudemment

Mme Boggin, tu sais, il me *semble* que je l'ai vu, à un moment. Peut-être qu'il avait réussi à passer juste un petit instant, pour voir.

– Tu ne l'as pas vu, dit Bertie, catégorique. Je suis le seul qui peut le voir et *je sais* qu'il n'est pas venu. Ce n'est pas juste qu'il ait été obligé de passer toute la nuit à hanter, même si c'est Hallowe'en. Le Fantôme adore les fêtes.

– Je suis d'accord avec toi, dit Mme Boggin.

– Tu m'avais promis que tu trouverais quelque chose, dit Bertie.

– J'ai promis *d'essayer* de trouver quelque chose, dit Mme Boggin. Et je... ATTENDS ! Attends ! J'ai une idée ! Mets ta robe de chambre et tes pantoufles et descends tout de suite avec moi, Bertie Boggin.

– Pourquoi est-ce que Bertie descend ? dit Elsie qui se brossait les cheveux dans la salle de bains pour essayer d'en décoller un caramel. (Ce caramel était arrivé dans ses cheveux lorsque Max l'avait lancé à Tojo.)

– Bertie et moi avons une mission secrète, dit solennellement Mme Boggin.

– Et maintenant, Bertie, dit-elle lorsqu'ils furent à la cuisine, donne-moi la boîte en plastique qui est dans le placard.

Bertie alla prendre la boîte.

– Parfait, dit Mme Boggin. On y met un chapeau en papier, un biscuit, un mirliton, un morceau de tarte aux pommes, six noix…

– Et le casse-noix, dit Bertie. Il va avoir besoin du casse-noix.

– Le casse-noix, dit Mme Boggin en l'ajoutant au contenu de la boîte. Et maintenant... direction : le hangar à charbon !

– Oh ! Pour l'amour du ciel, Edna, murmura M. Boggin.

– Je vais apporter ma lanterne-navet, dit Bertie. Mais il n'y a plus d'allumettes japonaises.

– Je pense que le Fantôme n'en aura pas besoin, dit Mme Boggin. Et voilà ! Une vraie fête d'Hallowe'en pour le Fantôme. Nous allons lui laisser tout cela ici, pour quand il reviendra de son travail de fantôme.

– Génial, dit Bertie.

Bertie alla se coucher, et s'endormit presque.

Et peut-être qu'il s'était endormi, après tout. Car c'est bien plus tard qu'il entendit des « Pouêêêt ! Pououêêêêt ! » qui montaient de la cour, sous sa fenêtre.

– Fantôme ! appela Bertie.

Et le Fantôme arriva en se glissant par son tuyau habituel, et il se percha sur le rebord de la fenêtre. La lanterne-navet luisait à côté de lui. Le Fantôme avait son chapeau en papier sur la tête, et cassait des noix entre deux coups de mirliton.

– Je m'amuse beaucoup, Bertie, dit-il. Merci de m'avoir invité.

– Merci d'être venu, dit Bertie.

– Pouêêêêt ! Pouêêêt ! fit le Fantôme en soufflant dans son mirliton.

Dans la chambre au-dessous, Mme Boggin s'agitait dans son sommeil, mais M. Boggin, lui, n'entendit rien du tout.

XI
JOYEUX NOËL, FANTÔME !

C'était la veille de Noël et le Fantôme s'affairait à décorer le hangar à charbon. Il avait accroché des guirlandes rouges et jaunes sur les murs, caché les trous du toit de tôle ondulée avec du houx. Du gui était suspendu dans l'entrée, et le portrait de Florence Nightingale était encadré de mèches de cheveux d'ange. A l'extrémité de la pièce luisait un arbre de Noël spectral, scintillant de rouge, de vert et de doré.

– Oooh ! Fantôme ! dit Bertie en écarquillant les yeux

Il se dit que c'était le plus bel arbre de Noël qu'il ait jamais vu.

Le Fantôme enleva son cigare de sa bouche, s'assit d'un mouvement mal assuré et posa son verre sur le seau à charbon près de lui. Le Fantôme revenait juste de l'Auberge du Spectre où il s'était accordé une séance un peu exceptionnelle, avec des pauses pour les rafraîchissements.

– Tu devrais être au lit, Bertie, dit le Fantôme. Le Père Noël ne va pas tarder.

– Max dit que le Père Noël n'existe pas, dit Bertie.

– Max dit que les fantômes n'existent pas, dit le Fantôme, mais il lui arrive de se tromper, n'est-ce pas ? Les fantômes et le

Père Noël, c'est un peu la même chose

– Ah bon ? dit Bertie

– Mais oui, dit le Fantôme. Je suis un fantôme, et tu crois que j'existe, donc tu peux me voir. Max ne croit pas que j'existe, et il ne peut pas me voir. C'est la même chose avec le Père Noël, mais c'est plus important, parce que si personne ne croyait au Père Noël, il n'y aurait pas de Noël. Je trouve ça triste pour Max.

– Moi aussi, dit Bertie et il monta se coucher.

– Maman, dit Bertie pendant que Mme Boggin le bordait. Maman, je suis triste pour Max parce qu'il ne croit pas au Père Noël.

– Il n'y croit pas ? dit Mme Boggin.

– Maman, dit Bertie. Est-ce que *toi* tu crois au Père Noël ?

– Mais bien sûr, mon tout petit, dit Mme Boggin. Attends demain matin, et tu verras.

– Mais tu ne crois pas aux fantômes, n'est-ce pas dit Bertie. Et tu ne crois pas *au mien ?*

Mme Boggin ne répondit pas tout de suite.

– Je ne sais pas, Bertie, dit-elle finalement. Je ne sais pas ce que je dois penser de ton fantôme. Par moment, je... Mais ça n'a pas vraiment d'importance, ce que je crois, qu'en penses-tu ? Tant que *toi* tu crois qu'il existe.

– C'est vrai, dit Bertie. Mon fantôme

restera toujours là, tant que je croirai qu'il existe.

Et il se pelotonna sous les couvertures pour dormir. Mais il ne s'endormit pas.

Couché dans son lit, Bertie espérait très fort qu'il aurait un tricycle jaune et rouge, comme celui du grand catalogue de Mme Boggin.

– C'est très cher, un tricycle, Bertie, lui avait dit Mme Boggin. Mais nous verrons à Noël.

Et maintenant, c'était Noël. Enfin presque.

– Tricycle.

– TRICYCLE.

Bertie se concentra très fort, dans l'espoir que le fait de croire aux tricycles en ferait venir un.

Le Fantôme arriva en flottant dans la chambre, et se posa au bout du lit de Bertie. Il fit un geste avec son cigare.

– Je faisais juste ma ronde, dit-il. Pour m'assurer que toutes les chaussettes ont bien été sorties.

– Moi, j'ai une de celles de papa, dit Bertie, qui avait pris la plus grande chaussette qu'il avait pu trouver.

Et puis il posa une question au Fantôme.

– Fantôme, dit Bertie. Si Max ne croit pas au Père Noël, que va-t-il se passer pour *sa* chaussette ? Tu as dit qu'il n'y aurait pas de Noël, si les gens ne croyaient pas au Père Noël. Et Max n'y croit pas.

Le Fantôme eut l'air brusquement sérieux.

– Alors il faudra que tu croies au Père Noël pour lui, Bertie, dit-il.

– Oh, dit Bertie. Tu crois que j'y arriverai ?

- J'en suis sûr, dit le Fantôme.

– Moi je crois au Père Noël, dit Bertie.

– Oh, je le sais, dit le Fantôme. Bonne nuit, Bertie.

Et il s'éloigna en flottant et prit approximativement la direction de l'Auberge du Spectre et de la discothèque de la Cave hantée, où sa présence était réclamée d'urgence.

« Tricycle », pensa Bertie, très fort. « Je crois au Père Noël pour moi ET pour Max » et de nouveau « Tricycle » et encore « Tricycle » parce que c'était très important, le tricycle. « TRICYCLE !!! »

Il s'endormit.

– Hip, hip, hip, hourra ! C'est Noël !

Max dansait dans l'escalier. D'une main il agitait une longue-vue, et sa chaussette à moitié vide de l'autre. Il mangeait une orange, une mandarine et du chocolat en même temps, et un petit pistolet était accroché à la ceinture de son pyjama. Elsie fit des « Ooooh » et des « Aaaah » la bouche pleine elle aussi, tout en extirpant les merveilles que contenait sa chaussette. Il y avait une écharpe bleue, un agenda et un stylo, et une poupée qui parle.

– Taratata taratatatata !

Bertie soufflait dans la trompette dorée qu'il venait de sortir de sa chaussette. «Tarata Tuuuu-ouououou!»

– Les enfants, il n'est que six heures, murmura un M. Boggin passablement embrumé.

– Hip, hip, hip, hourra! Tuuuuut Pouêt! firent tous les Boggin en chœur, en dévalant l'escalier.

La porte de la Pièce de Noël était fermée. Le Fantôme ne tenait pas en place et faisait des bonds sur le valet de nuit.

Il était en pyjama, avec son chapeau sur la tête, et il mangeait les pièces en chocolat qu'il avait trouvées dans sa chaussette.

– Attends, tu vas *voir*! Tu vas *voir* ce

qu'il y a à l'intérieur, Bertie! chuchota-t-il.

– On commence, dit Mme Boggin en ouvrant la porte de la Pièce de Noël. Un enfant à la fois. Bertie entre le premier parce qu'il est le plus petit.

Bertie entra dans la Pièce de Noël.

Les rideaux étaient tirés, et la pile de cadeaux était éclairée par les lumières de l'arbre de Noël.

Il y avait des paquets très larges, d'autres qui étaient minces. Il y en avait des gros, des petits, des minuscules, des verts, des rouges, des dorés, des jaunes. Il y avait des paquets qui ressemblaient à des bouteilles, et d'autres non, et quelque chose comme un punching-ball pour Max, et une énorme mallette de peinture pour Elsie (avec un chevalet) et…

... quelque chose qui brillait dans l'obscurité...

... rouge et jaune avec une sonnette étincelante... un...

– ... Tricycle, souffla Bertie. Mon TRICYCLE !

Il le toucha.

Il fit tinter la sonnette.

Le tricycle était *vrai.*

Vraiment vrai.

C'était un très joyeux Noël pour tout le monde, au numéro douze de la rue Livermore.

– C'est uniquement grâce à moi, si le Père Noël t'a apporté cette longue-vue, dit Bertie à Max, et Max ne le tapa même pas.

– Vous avez tous trop mangé, dit Mme Boggin.

– Tant mieux, dit M. Boggin.

Et le reste des Boggin se trouva d'accord avec lui. Sauf Tojo, mais à cet instant Tojo était bien trop occupé à manger le-plus-gros-os-du-monde (offert par Max, et emballé avec un ruban bleu par Elsie.) pour être d'accord avec qui que ce soit.

– C'est l'heure d'aller au lit, dit finalement Mme Boggin. Ils allèrent au lit.

– Maman, dit Bertie pendant qu'elle le bordait. Le Fantôme a dit de bien te remercier de l'héberger.

– Tu peux lui dire que c'est un plaisir, Bertie, dit Mme Boggin et elle ajouta : Si je le vois, je le lui dirai moi-même.

– Tu ne peux pas le voir, maman, dit

Bertie. Tu ne peux pas voir le Fantôme si tu ne crois pas aux fantômes.

– Oui, dit Mme Boggin. Eh bien, tu vois… Bertie, je pense que…

– Maman, dit Max. Je crois bien que j'ai mal au ventre.

Mme Boggin alla voir ce ventre de plus près. Puis il fallut qu'elle coure en bas chercher le livre de Bertie sur les araignées, envoyé de Ballynahinch par tante Amanda. Elsie n'avait pas sommeil, et voulait se lever et regarder le film qui se termine tard. Ensuite, M. Boggin n'arrivait plus à trouver sa pipe.

Mme Boggin était éreintée d'avoir couru de l'un à l'autre.

– Au lit, dit M. Boggin, qui avait passé une rude journée à s'asseoir.

Mme Boggin fit sortir, puis rentrer Tojo, elle chargea la chaudière, éteignit la lumière de la cuisine, vola une miette de jambon et de dinde froids, et alla dans la Pièce de Noël.

Et là… brillant doucement au milieu des lueurs de l'arbre de Noël… profondément endormi dans le fauteuil le plus confortable, avec à la main un large verre de l'excellent sherry de M. Boggin… Mme Boggin *vit* le Fantôme.

Elle resta figée, et sa bouche s'ouvrit toute grande.

– Le fantôme de Bertie ! dit-elle.

– C'est toi, Florence ? marmotta le Fantôme, qui dormait toujours profondément.

Il ne se réveilla pas, et Mme Boggin ne le réveilla pas. Elle éteignit la lumière et s'éloigna doucement, sur la pointe des pieds.